人生告白

季羡林

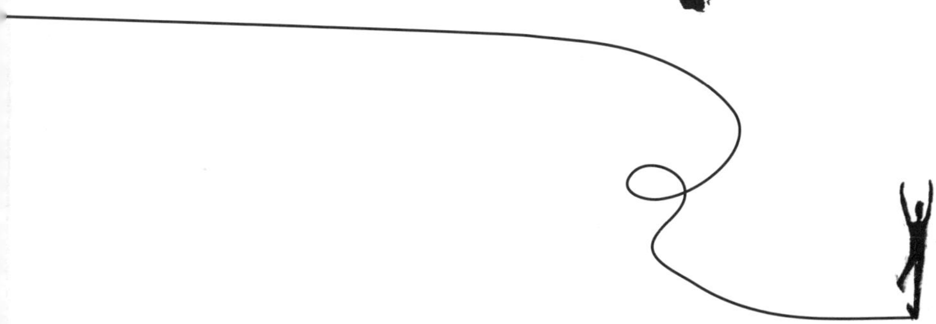

有 怀

中国致公出版社

烟村旧风景

每个人都有个故乡，人人的故乡都有个月亮，
人人都爱自己故乡的月亮。

万物皆可爱

我真觉得，大自然特别可爱，生命特别可爱，人类特别可爱，一切有生无生之物特别可爱，祖国特别可爱，宇宙万物无有不可爱者。欢喜充满了三千大千世界。

书中得自在

人生在世一百年，天天有些小麻烦，最好办法是不理，只等秋风过耳边。

悲喜唯自渡

人活得太久了，对人生的种种相，众生的种种相，看得透透彻彻，反而鼓舞时少，叹息时多。

天地独行客

在无量的宇宙进程中，我们有这次生命，不是容易事；比电火还要快，一闪便会消逝到永恒的沉默里去。我们不要放过这短短的时间，我们要多看一些东西。

幸得诸君忆

有朋友，则众志成城，鲜有不胜利者。

烟村旧风景

每个人都有个故乡，人人的故乡都有个月亮，人人都爱自己故乡的月亮。

小传

季羡林，1911 年 8 月 6 日生于山东省清平县一个农民家庭里。七岁赴济南，上小学、初中、高中。1930 年考入北京清华大学西语系。1934 年毕业，任山东省立济南高中国文教员一年。1935 年秋考取清华大学与德国交换的研究生，入哥廷根大学，学习梵文、巴利文、吐火罗文等，1941 年通过论文，口试及格，获哲学博士学位。1946 年回国，任北京大学教授兼东方语言文学系主任——直到现在。1978 年起兼任北京大学副校长，中国社会科学院北京大学南亚研究所所长。

自己的专业原来是印度古代语言学，后来扩大到印度古代历史和梵文文学，以及中印文化关系史、印度佛教史等。翻译梵文作品有《沙恭达罗》《优哩婆湿》《五卷书》等，皆已出版。最近几年，从事诗史《罗摩衍那》的翻译，将分七册陆续出版。此外，还译有德国女小说家安娜·西格斯短篇小说集，已出版。

从中学起，就学习着写散文。已集成三个集子:《天竺心影》《朗润集》《季羡林选集》，都将出版。

自己现已年近古稀。回想过去几十年漫长的生活，觉得自己同文学发生关系，有其必然性，也有其偶然性。我确实是从中学起就喜爱文学。在高中时期，最初是写文言文，老师是很有学问的王崑玉先生。后来换了老师，就改写白话文。在这期间，我写过不少的散文，也曾写过诗。我的国文老师胡也频先生和董秋芳（冬芬）先生给了我很大的鼓励，也许是过分的鼓励，我有点受之有愧。后来，胡先生为我们党的事业，壮烈牺牲，成了烈士。董先生在几年以前也与世长辞。但我总是常常想到他们，感谢他们对我的鼓励与指导。无论如何，从那以后我就同文学结下了不解之缘。到了大学，念的是西洋文学。曾翻译过一些欧美作品，也继续从事散文的写作。虽然写得不多，但始终未断。

但是我大概注定是一个“杂家”。大学毕业以后，隔了一年，开始走上研究梵文的道路。我研究梵文，一开始并不想专门研究文学，虽然梵文文学之丰富是古代世界上少有的。我专心致志地研究的是梵文混合方言，属于语言学的范围。我对这种语言发生了极大的兴趣。在十几年中，“焚膏油以继晷，恒兀兀以穷年”。就连在第二次世界大战中飞机天天轰炸的情况下，我也乐此不疲。在饥肠辘辘中整天同许多古怪的语法现象拼命，把一切都置之度外。现在回想起来，也觉得有点不可解了。

在这期间既没有翻译梵文文学作品，也很少写什么散文。

回国以后，情况有了很大的变化。我喜欢的那一套印度古代语言，还有新疆出土的吐火罗语，由于缺少起码的书刊资料，不管我多么不愿意，也只能束之高阁，研究没有法子进行下去了。干些什么呢？我徘徊，我迟疑。我那“杂家”的天性这时就抬起头来。有什么饭，就吃什么饭；有多少碗，就吃多少碗。这就是当时的指导思想。于是，我研究印度历史，古代史同近、现代史都搞。我研究中印文化关系史费了很大的劲，积累资料。我翻译印度梵文文学作品，我也研究印度佛教史，如此等等。

但是积习难除，有时也写点散文。在出国访问之后，写得比较多。因为印象深，感触多。心里似乎有了“灵感”，不写出来是不行的。在学校的时候，天天过着刻板的生活，往往一年半载什么“灵感”也没有，什么东西也写不出。自己就心安理得地做“杂家”。像鸡吃东西一样，东抓一把，西抓一把，什么东西钻得都不深，好的论文也写不出来。同时还忙于行政工作，忙于开会。终日忙忙碌碌，静夜自思，心潮起伏。觉得自己是走上了一条自己不大愿意走的道路。但是“马行在夹道内，难以回马”，只有走下去了。有时候拿出年轻时在国外写的关于混合梵语的论文，觉得是别人写的，不像是出于自己的手笔。此中情思，不足为外人道也。

但是我仍然执着于文学。梵文文学我翻译，德国文学我翻译，英文写的东西我也翻译，散文也写。有人认为，搞一些枯燥的语法现象同艰深的宗教理论，会同文学活动有矛盾。也许因为我两方面都搞得不够深，所以并没有感到什么矛盾，反而觉得有利于脑筋的休息。换一个工作，脑筋就好像刀子重新磨了一样，顿时锋利好用。三十多年来，我就这样搞了下来。一方面对年轻时候从事的研究工作无限留恋，以不能继续研究下去为终生憾事；一方面又东抓西抓，翻译与写作同时并举。转瞬之间，黄粱一梦，已经接近古稀之年了。

把我同“文学家”或“作家”联系在一起，我有时候觉得颇有点滑稽。现在又遵命作为一个“文学家”写自己的自传，更是滑稽透顶了。然而事情就是这个样子，有什么办法呢？谨将自己的生平和几十年来的心情略述一二，供有兴趣的同志参考。

1980 年 8 月

原收入《中国现代作家传略》，1980 年

我的家

我曾经有过一个温馨的家。那时候，老祖和德华都还活着，她们从济南迁来北京，我们住在一起。

老祖是我的婶母，全家都尊敬她，尊称之为老祖。她出身中医世家，人极聪明，很有心计。从小学会了一套治病的手段，有家传治白喉的秘方，治疗这种十分危险的病，十拿十稳，手到病除。因自幼丧母，没人替她操心，耽误了出嫁的黄金时刻，成了一位山东话称之为“老姑娘”的人。年近四十，才嫁给了我叔父，做续弦的妻子。她心灵中经受的痛苦之剧烈，概可想见。然而她是一个十分坚强的人，从来没有对人流露过，实际上，作为一个丧母的孤儿，又能对谁流露呢？

德华是我的老伴，是奉父母之命，通过媒妁之言同我结婚的。她只有小学水平，认了一些字，也早已还给老师了。她是一个真正善良的人，一生没有跟任何人闹过对立，发过脾气。她也是自幼丧母的，在她那堂姊妹兄弟众多的、生计十分困难的大家庭里，终日愁米愁面，当然也受过不少的苦，没有母亲这一把保护伞，有苦无处诉，她的青年时代是在愁苦中度过的。

至于我自己，我虽然不是自幼丧母，但是，六岁就离开母亲，没有母爱的滋味，我尝得透而又透。我大学还没有毕业，母亲就永远离开了我，这使我抱恨终天，成为我的“永久的悔”。我的脾气，不能说是暴躁，而是急躁。想到干什么，必须立即干成，否则就坐卧不安。我还不能说自己是个坏人，因为，除了为自己考虑外，我还能为别人考虑。我坚决反对曹操的“宁要我负天下人，不要天下人负我”。

就是这样三个人组成了一个家庭。

为什么说是一个温馨的家呢？首先是因为我们家六十年来没有吵过一次架，甚至没有红过一次脸。我想，这即使不能算是绝无仅有，也是极为难能可贵的。把这样一个家庭称之为温馨不正是恰如其分吗？其中也不是没有原因的。

我们全家都尊敬老祖，她是我们家的功臣。正当我们家经济濒于破产的时候，从天上掉下一个馅儿饼来：我获得一个到德国去留学的机会。我并没有什么凌云的壮志，只不过是想苦熬两年，镀上一层金，回国来好抢得一只好饭碗，如此而已。焉知两年一变而成了十一年。如果不是老祖苦苦挣扎，摆过小摊，卖过破烂，勉强让一老，我的叔父，二中，老祖和德华，二小，我的女儿和儿子，能够有一口饭吃，才得渡过灾难。否则，我们家早已家破人亡了。这样一位大大的功臣，我们焉能不尊敬呢？

如果真有“毫不利己，专门利人”的人的话，那就是老祖和德华。她们忙忙叨叨买菜、做饭，等到饭一做好，她俩却坐在旁边看着我们狼吞虎咽，自己只吃残羹剩饭。这逼得我不由不从内心深处尊敬她们。

我们曾经雇过一个从安徽来的年轻女孩子当小时工，她姓杨，我们都管她叫小杨，是一个十分温顺、诚实、少言寡语的女孩子。每天在我们家干两小时的活，天天忙得没有空闲时间。我们家的两个女主人经常在午饭的时候送给小杨一个热馒头，夹上肉菜，让她吃了当午饭，立即到别的家去干活。有一次，小杨背上长了一个疮，老祖是医生，懂得其中的道理。据她说，疮长在背上，如凸了出来，这是良性的，无大妨碍。如果凹了进去，则是民间所谓的大背疮，古书上称之为疽，是能要人命的。当年范增“疽发背死”，就是这种疮。小杨患的也恰恰是这种疮。于是，小杨每天到我们家来，不是干活，而是治病，主治大夫就是老祖，德华成了助手。天天挤脓、上药，忙完整整两小时，小杨再到别的家去干活。最后，奇迹出现了，过了几个月，小杨的疽完全好了。老祖始终没有告诉她这种疮的危险性。小杨离开北京回到安徽老家以后，还经常给我们来信，可见我们家这两位女主人之恩，使她毕生难忘了。

我们的家庭成员，除了“万物之灵”的人以外，还有几个并非万物之灵的猫。我们养的第一只猫，名叫虎子，脾气真像是老虎，极为暴烈。但是，对我们三个人却十分温顺，晚上经常睡在我的被子上。晚上，我一上床躺下，虎子就和另外一只名叫咪咪的猫，连忙跳上床来，争夺我脚头上那一块地盘，沉沉地压在那里。如果我半夜里醒来，觉得脚头上轻轻的，我知道，两只猫都没有来，这时我往往难再入睡。在白天，我出去散步，两只猫就跟在我后面，我上山，它们也上山，我下来，它们也跟着下来。这成为燕园中一条著名的风景线，名传遐迩。

这难道不是一个温馨的家庭吗？

然而，光阴如电光石火，转瞬即逝。到了今天，人猫俱亡，我们的家庭只剩下了我一个人，形单影只，过了一段寂寞凄苦的生活。

然而，天无绝人之路。隔了不久，我的同事，我的朋友，我的学生，了解到我的情况之后，立刻伸出了爱援之手，使我又萌生了活下去的勇气。其中有一位天天到我家来“打工”，为我操吃操穿，读信念报，招待来宾，处理杂务，不是亲属，胜似亲属。让我深深感觉到，人间毕竟是温暖的，生活毕竟是“美丽的”（我讨厌这个词儿，姑一用之）。如果没有这些友爱和帮助，我恐怕早已登上了八宝山，与人世“拜拜”了。

那些非万物之灵的家庭成员如今数目也增多了。我现在有四只纯种的，从家乡带来的波斯猫，活泼、顽皮，经常挤入我的怀中，爬上我的脖子。其中一只，尊号毛毛四世的小猫，正在爬上我的脖子，被一位摄影家在不到半秒钟的时间内抢拍了一个镜头，赫然登在《人民日报》上，受到了许多人的赞扬，成为蜚声猫坛的一只世界名猫。

眼前，虽然我们家只剩下我一个孤家寡人，你难道能说这不是一个温馨的家吗？

2000 年 11 月 5 日

我的童年

回忆起自己的童年来，眼前没有红，没有绿，是一片灰黄。

七十多年前的中国，刚刚推翻了清代的统治，神州大地，一片混乱，一片黑暗。我最早的关于政治的回忆，就是“朝廷”二字。当时的乡下人管当皇帝叫坐朝廷，于是“朝廷”二字就成了皇帝的别名。我总以为朝廷这种东西似乎不是人，而是有极大权力的玩意。乡下人一提到它，好像都肃然起敬。我当然更是如此。总之，当时皇威犹在，旧习未除，是大清帝国的继续，毫无万象更新之象。

我就是在这新旧交替的时刻，于1911年8月6日，生于山东省清平县（现改临清市）的一个小村庄——官庄。当时全中国的经济形势是南方富而山东（也包括北方其他省份）穷。专就山东论，是东部富而西部穷。我们县在山东西部又是最穷的县，我们村在穷县中是最穷的村，而我们家在全村中又是最穷的家。

我们家据说并不是一向如此。在我诞生前，似乎也曾有过比较好的日子。可是我降生时，祖父、祖母都已去世。我父亲的亲兄弟共有三人，最小的一个（大排行是第十一，我们把他叫一叔）送给了别人，改了姓。我父亲同另外的一个弟弟（九叔）孤苦伶仃，相依为命。房无一间，地无一垄，两个无父无母的孤儿，活下去是什么滋味，活着是多么困难，概可想见。他们的堂伯父是一个举人，是方圆几十里最有学问的人物，做官做到一个什么县的教谕，也算是最大的官。他曾养育过我父亲和叔父，据说待他们很不错。可是家庭大，人多是非多。他们俩有几次饿得到枣林里去捡落到地上的干枣充饥。最后还是被迫弃家（其实已经没了家）出走，兄弟俩逃到济南去谋生。

我父亲和叔父到了济南以后，人地生疏，拉过洋车，扛过大件，当过警察，卖过苦力。叔父最终站住了脚。于是兄弟俩一商量，让我父亲回老家，叔父一个人留在济南挣钱，寄钱回家，供我的父亲过日子。

我出生以后，家境仍然是异常艰苦。一年吃白面的次数有限，平常只能吃红高粱面饼子；没有钱买盐，把盐碱地上的土扫起来，在锅里煮水，腌咸菜，什么香油，根本见不到。一年到底，就吃这种咸菜。举人的太太，我管她叫奶奶，她很喜欢我。我三四岁的时候，每天一睁眼，抬腿就往村里跑（我们家在村外），跑到奶奶跟前，只见她把手一卷，卷到肥大的袖子里面，手再伸出来的时候，就会有半个白面馒头拿在手中，递给我。我吃起来，仿佛是龙肝凤髓一般，我不知道天下还有比白面馒头更好吃的东西。这白面馒头是她的两个儿子（每家有几十亩地）特别孝敬她的。她喜欢我这个孙子，每天总省下半个，留给我吃。在长达几年的时间内，这是我每天最高的享受，最大的愉快。

大概到了四五岁的时候，对门住的宁大婶和宁大姑，每到夏秋收割庄稼的时候，总带我走出去老远，到别人割过的地里去拾麦子或者豆子、谷子。一天辛勤之余，可以捡到一小篮麦穗或者谷穗。晚上回家，把篮子递给母亲，看样子她是非常欢喜的。有一年夏天，大概我拾的麦子比较多，她把麦粒磨成面粉，贴了一锅死面饼子。我大概是吃出味道来了，吃完了饭以后，我又偷了一块吃，让母亲看到了，赶着我要打。我当时是赤条条的，浑身一丝不挂，我逃到房后，往水坑里一跳。母亲没有法子下来捉我，我就站在水中把剩下的白面饼子尽情地享受了。

现在写这些事情还有什么意义呢？这些芝麻绿豆般的小事是不折不扣的身边琐事，使我终生受用不尽。它有时候能激励我前进，有时候能鼓舞我振作。我一直到今天对日常生活要求不高，对吃喝从不计较，难道同我小时候的这一些经历没有关系吗？我看到一些独生子女的父母那样溺爱子女，也颇不以为然。儿童是祖国的花朵，花朵当然要爱护，但爱护要得法，否则无异是坑害子女。

不记得是从什么时候起我开始学着认字，大概也总在四岁到六岁之间。我的老师是马景功先生。现在我无论如何也记不起有什么类似私塾之类的场所，也记不起有什么《百家姓》《千字文》之类的书籍。我那一个家徒四壁的家就没有一本书，连带字的什么纸条子也没有见过。反正我总是认了几个字，否则哪里来的老师呢？马景功先生的存在是不能怀疑的。

虽然没有私塾，但是小伙伴是有的。我记得最清楚的有两个：一个叫杨狗，我前几年回家，才知道他的大名，他现在还活着，一字不识；另一个叫哑巴小（意思是哑巴的儿子），我到现在也没有弄清楚他姓甚名谁。我们三个天天在一起玩，洑水，打枣，捉知了，摸虾……不见不散，一天也不间断。后来听说哑巴小当了山大王，练就了一身蹿房越脊的惊人本领，能用手指抓住大庙的椽子，浑身悬空，围绕大殿走一周。有一次被捉住，是十冬腊月，赤身露体，浇上凉水，被捆起来，倒挂一夜，仍然能活着。据说他从来不到官庄来作案，“兔子不吃窝边草”，这是绿林英雄的义气。后来终于被捉杀掉。我每次想到这样一个光着屁股游玩的小伙伴竟成为这样一个“英雄”，就颇有骄傲之意。

我在故乡只待了六年，我能回忆起来的事情还多得很，但是我不想再写下去了。已经到了同我那一个一片灰黄的故乡告别的时候了。

我六岁那一年，是在春节前夕，公历可能已经是1917年，我离开父母，离开故乡，是叔父把我接到济南去的。叔父此时大概日子已经可以了，他兄弟俩只有我一个男孩子，想把我培养成人，将来能光大门楣，只有到济南去一条路。这可以说是我一生中最关键的一个转折点，否则我今天仍然会在故乡种地（如果我能活着的话），这当然算是一件好事。但是好事也会有成为坏事的时候。“文化大革命”中间，我曾有几次想到：如果我叔父不把我从故乡接到济南的话，我总能过一个浑浑噩噩但却舒舒服服的日子，哪能被“革命家”打倒在地，身上踏上一千只脚还要永世不得翻身呢？呜呼，世事多变，人生易老，真叫作没有法子！

到了济南以后，过了一段难过的日子。一个六七岁的孩子离开母亲，他心里会是什么滋味，非有亲身经历者，实难体会。我曾有几次从梦里哭着醒来。尽管此时不但能吃上白面馒头，而且还能吃上肉，但是我宁愿再啃红高粱饼子就苦咸菜。这种愿望当然只是一个幻想。我毫无办法，久而久之，也就习以为常了。

叔父望子成龙，对我的教育十分关心。先安排我在一个私塾里学习。老师是一个白胡子老头，面色严峻，令人见而生畏。每天入学，先向孔子牌位行礼，然后才是“赵钱孙李”。大约就在同时，叔父又把我送到一师附小去念书。这个地方在旧城墙里面，街名叫升官街，看上去很堂皇，实际上“官”者“棺”也，整条街都是做棺材的。此时五四运动大概已经起来了。校长是一师校长兼任，他是山东得风气之先的人物，在一个小学生眼里，他是一个大人物，轻易见不到面。想不到在十几年以后，我大学毕业到济南高中去教书的时候，我们俩竟成了同事，他是历史教员。我执弟子礼甚恭，他则再三逊谢。我当时觉得，人生真是变幻莫测啊！

因为校长是维新人物，我们的国文教材就改用了白话。教科书里面有一段课文，叫作《阿拉伯的骆驼》。故事是大家熟知的。但当时对我却是陌生而又新鲜，我读起来感到非常有趣味，简直是爱不释手。然而这篇文章却惹了祸。有一天，叔父翻看我的课本，我只看到他蓦地勃然变色。“骆驼怎么能说人话呢？”他愤愤然了，“这个学校不能念下去了，要转学！”

于是我转了学。转学手续比现在要简单得多，只经过一次口试就行了。而且口试也非常简单，只出了几个字叫我们认。我记得字中间有一个“骡”字。我认出来了，于是定为高一。一个比我大两岁的亲戚没有认出来，于是定为初三。为了一个字，我占了一年的便宜，这也算是轶事吧。

这个学校靠近南圩子墙，校园很空阔，树木很多。花草茂密，景色算是秀丽的。在用木架子支撑起来的一座柴门上面，悬着一块木匾，上面刻着四个大字：循规蹈矩。我当时并不懂这四个字的含义，只觉得笔画多得好玩而已。我就天天从这个木匾下出出进进，上学，游戏。当时立匾者的用心到了后来我才了解，无非是想让小学生规规矩矩做好孩子而已。但是用了四个古怪的字，小孩子谁也不懂，结果形同虚设，多此一举。

我“循规蹈矩”了没有呢？大概是没有。我们有一个珠算教员，眼睛长得凸了出来，我们给他起了一个绰号，叫作 shao qianr（济南话，意思是知了）。他对待学生特别蛮横。打算盘，错一个数，打一板子。打算盘错上十个八个数，甚至上百数，是很难避免的。我们都挨了不少的板子。不知是谁一嘀咕：“我们架（小学生的行话，意思是赶走）他！”立刻得到大家的同意。我们这一群十岁左右的小孩子也要“造反”了。

大家商定：他上课时，我们把教桌弄翻，然后一起离开教室，躲在假山背后。我们自己认为这个锦囊妙计实在非常高明；如果成功了，这位教员将无颜见人，非卷铺盖回家不可。然而我们班上出了“叛徒”，虽然只有几个人，他们想拍老师的马屁，没有离开教室。这一来，大大长了老师的气焰，他知道自己还有“群众”，于是威风大振，把我们这一群不知天高地厚的“叛逆者”狠狠地用大竹板打手心打了一阵，我们每个人的手都肿得像发面馒头。然而没有一个人掉泪。我以后每次想到这一件事，觉得很可以写进我的“优胜纪略”中去。

谈到学习，我记得在三年之内，我曾考过两个甲等第三（只有三名甲等），两个乙等第一；总起来看，属于上等，但是并不拔尖。实际上，我当时并不用功，玩的时候多，念书的时候少。我们班上考甲等第一的叫李玉和，年年都是第一。他比我大五六岁，好像已经很成熟了，死记硬背，刻苦努力，天天皱着眉头，不见笑容，也不同我们打闹。我从来就是少无大志，一点也不想争那个状元。但是我对我这一位老学长并无敬意，还有点瞧不起的意思，觉得他是非我族类。

我虽然对正课不感兴趣，但是也有我非常感兴趣的东西，那就是看小说。我叔父是古板人，把小说叫作“闲书”，闲书是不许我看的。在家里的时候，我书桌下面有一个盛白面的大缸，上面盖着一个用高粱秆编成的“盖垫”（济南话）。我坐在桌旁，桌上摆着《四书》，我看的却是《彭公案》《济公传》《西游记》《三国志演义》等等旧小说。《红楼梦》大概太深，我看不懂其中的奥妙，黛玉整天价哭哭啼啼，为我所不喜，因此看不下去。其余的书都是看得津津有味。冷不防叔父走了进来，我就连忙掀起盖垫，把闲书往里一丢，嘴巴里念起“子曰”“诗云”来。

到了学校里，用不着防备什么，一放学，就是我的天下。我往往躲到假山背后，或者一个盖房子的工地上，拿出闲书，狼吞虎咽似的大看起来。常常是忘记了时间，忘记了吃饭，有时候到了天黑，才摸回家去。我对小说中的绿林好汉非常熟悉，他们的姓名背得滚瓜烂熟，连他们用的兵器也如数家珍，比教科书熟悉多了。自己当然也希望成为那样的英雄。有一回，一个小朋友告诉我，把右手五个指头往大米缸里猛戳，一而再，再而三，一直到几百次，上千次。练上一段时间以后，再换上砂粒，用手猛戳，最终可以练成铁砂掌，五指一戳，能够戳断树木。我颇想有一个铁砂掌，信以为真，猛练起来，结果把指头戳破了，鲜血直流。知道自己与铁砂掌无缘，遂停止不练。

学习英文，也是从这个小学开始的。当时对我来说，外语是一种非常神奇的东西。我认为，方块字是天经地义，不用方块字，只弯弯曲曲像蚯蚓爬过的痕迹一样，居然能发出音来，还能有意思，简直是不可思议。越是神秘的东西，便越有吸引力。英文对于我就有极大的吸引力。我万没有想到望之如海市蜃楼般的可望而不可即的东西竟然唾手可得了。我现在已经记不清楚学习的机会是怎么来的，大概是有一位教员会一点英文，他答应晚上教一点，可能还要收点学费。总之，一个业余英文学习班很快就组成了，参加的大概有十几个孩子。究竟学了多久，我已经记不清楚，时候好像不太长，学的东西也不太多，二十六个字母以后，学了一些单词。我当时有一个非常伤脑筋的问题：为什么“是”和“有”算是动词，它们一点也不动么？当时老师答不上来；到了中学，英文老师也答不上来。当年用“动词”来译英文的 verb 的人，大概不会想到他这个译名惹下的祸根吧。

每次回忆学习英文的情景时，我眼前总有一团零乱的花影，是绛紫色的芍药花。原来在校长办公室前的院子里有几个花畦，春天一到，芍药盛开，都是绛紫色的花朵。白天走过那里，紫花绿叶，极为分明。到了晚上，英文课结束后，再走过那个院子，紫花与绿叶化成一个颜色，朦朦胧胧的一堆一团，因为有白天的印象，所以还知道它们的颜色。但夜晚眼前却只能看到花影，鼻子似乎有点花香而已。这一幅情景伴随了我一生，只要是一想起学习英文，这一幅美妙无比的情景就浮现到眼前来，带给我无量的幸福与快乐。

然而时光像流水一般飞逝，转瞬三年已过：我小学该毕业了，我要告别这一个美丽的校园了。我十三岁那一年，考上了城里的正谊中学。我本来是想考鼎鼎大名的第一中学的。但是我左衡量，右衡量，总觉得自己这一块料分量不够，还是考与“烂育英”齐名的“破正谊”吧。我上面说到我幼无大志，这又是一个证明。正谊虽“破”，风景却美。背靠大明湖，万顷苇绿，十里荷香，不啻人间乐园。然而到了这里，我算是已经越过了童年，不管正谊的学习生活多么美妙，我也只好搁笔，且听下回分解了。

综观我的童年，从一片灰黄开始，到了正谊算是到达了一片浓绿的境界——我进步了。但这只是从表面上来看，从生活的内容上来看，依然是一片灰黄。即使到了济南，我的生活也难找出什么有声有色的东西。我从来没有什么玩具，自己把细铁条弄成一个圈，再弄个钩一推，就能跑起来，自己就非常高兴了。贫困、单调、死板、固执，是我当时生活的写照。接受外面的信息，仅凭五官。什么电视机、收录机，连影都没有。我小时连电影也没有看过，其余概可想见了。

今天的儿童有福了。他们有多少花样翻新的玩具呀！他们有多少儿童乐园、儿童活动中心呀！他们饿了吃面包，渴了喝这可乐、那可乐，还有牛奶、冰激凌。电影看厌了，看电视。广播听厌了，听收录机。信息从天空、海外，越过高山大川，纷纷蜂拥而来。他们才真是“儿童不出门，便知天下事”。可是他们偏偏不知道旧社会。就拿我来说，如果不认真回忆，我对旧社会的情景也逐渐淡漠，有时竟淡如云烟了。

今天我把自己的童年尽可能真实地描绘出来，不管还多么不全面，不管怎样挂一漏万，也不管我的笔墨多么拙笨，就是上面写出来的那一些，我们今天的儿童读了，不是也可以从中得到一点启发、从中悟出一些有用的东西来吗？

1986 年 6 月 6 日

赋得永久的悔

题目是韩小蕙女士出的，所以名之曰“赋得”。但文章是我心甘情愿作的，所以不是八股。

我为什么心甘情愿作这样一篇文章呢？一言以蔽之，题目出得好，不但实获我心，而且先获我心：我早就想写这样一篇东西了。

我已经到了望九之年。在过去的七八十年中，从乡下到城里；从国内到国外；从小学、中学、大学到洋研究院；从“志于学”到超过“从心所欲不逾矩”，曲曲折折，坎坎坷坷，既走过阳关大道，也走过独木小桥；既经过“山重水复疑无路”，又看到“柳暗花明又一村”，喜悦与忧伤并驾，失望与希望齐飞，我的经历可谓多矣。要讲后悔之事，那是俯拾皆是。要选其中最深切、最真实、最难忘的悔，也就是永久的悔，那也是唾手可得，因为它片刻也没有离开过我的心。

我这永久的悔就是：不该离开故乡，离开母亲。

我出生在鲁西北一个极端贫困的村庄里。我们家是贫中之贫，真可以说是贫无立锥之地。

我小时候的一位伙伴曾大声说："如果让整个官庄来诉苦的话，季羡林家是第一家！"

这一句话并没有夸大，他说的是实情。我祖父母早亡，留下了我父亲等三个兄弟，孤苦伶仃，无依无靠。最小的十一叔送了人。我父亲和九叔饿得没有办法，只好到别人家的枣林里去捡落到地上的干枣充饥。这当然不是长久之计。最后兄弟俩被迫背井离乡，盲流到济南去谋生。此时他俩也不过十几二十岁。在举目无亲的大城市里，必然是经过千辛万苦，九叔在济南落住了脚。于是我父亲就回到了故乡，说是农民，但又无田可耕。又必然是经过千辛万苦，九叔从济南有时寄点钱回家，父亲赖以生活。不知怎么一来，竟然寻（家乡读若xín）上了媳妇，她就是我的母亲。母亲的娘家姓赵，门当户对，她家穷得同我们家差不多，否则也绝不会结亲。她家里饭都吃不上，哪里有钱、有闲上学。所以我母亲一个字也不识，活了一辈子，连个名字都没有。她家是在另一个庄上，离我们庄五里路。这个五里路就是我母亲毕生所走的最长的距离。

后来我听说，我们家确实也"阔"过一阵。大概在清末民初，九叔在东三省用口袋里剩下的最后的五角钱，买了十分之一的湖北水灾奖券，中了奖。兄弟俩商量，要"富贵而归故乡"，回家扬一下眉，吐一下气。于是把钱运回家，九叔仍然留在城里，乡里的事由父亲一手张罗。他用荒唐离奇的价钱，买了砖瓦，盖了房子。又用荒唐离奇的价钱，置了一块带一口水井的田地。一时兴会淋漓，真正扬眉吐气了。可惜好景不长，我父亲又用荒唐离奇的方式，仿佛宋江一样，豁达大度，招待四方朋友。一转瞬间，盖成的瓦房又拆了卖砖，卖瓦。有水井的田地也改变了主人。全家又回归到原来的情况。我就是在这个时候，在这样的情况下降生到人间来的。

母亲当然亲身经历了这个巨大的变化。可惜，当我同母亲住在一起

福

的时候，我只有几岁，告诉我，我也不懂。所以，我们家这一次陡然上升，又陡然下降，只像是昙花一现，我到现在也不完全明白。这个谜恐怕要成为永恒的谜了。

不管怎样，我们家又恢复到从前那种穷困的情况。后来听人说，我们家那时只有半亩多地。这半亩多地是怎么来的，我也不清楚。一家三口人就靠这半亩多地生活。城里的九叔当然还会给点接济，然而像中湖北水灾奖券那样的事儿，一辈子有一次也不算少了，九叔没有多少钱接济他的哥哥了。

家里日子是怎样过的，我年龄太小，说不清楚。反正吃得极坏，这个我是懂得的。按照当时的标准，吃“白的”（指麦子面）最高，其次是吃小米面或棒子面饼子，最次是吃红高粱饼子，颜色是红的，像猪肝一样。“白的”与我们家无缘。“黄的”（小米面或棒子面饼子颜色都是黄的）与我们缘分也不大。终日为伍者只有“红的”。这“红的”又苦又涩，真是难以下咽。但不吃又害饿，我真有点谈“红”色变了。

但是，小孩子也有小孩子的办法。我祖父的堂兄是一个举人，他的夫人我喊她奶奶。他们这一支是有钱有地的。虽然举人死了，但家境依然很好。我这一位大奶奶仍然健在。她的亲孙子早亡，所以把全部的钟爱都倾注到我身上来。她是整个官庄能够吃“白的”的仅有的几个人之一。她不但自己吃，而且每天都给我留出半个或者四分之一个白面馍馍来。我每天早晨一睁眼，立即跳下炕来向村里跑，我们家住在村外。我跑到大奶奶跟前，清脆甜美地喊上一声：“奶奶！”她立即笑得合不上嘴，把手缩回到肥大的袖子里，从口袋里掏出一小块馍馍，递给我，这是我一天中最幸福的时刻。

此外，我也偶尔能够吃一点“白的”，这是我自己用劳动换来的。一到夏天麦收季节，我们家根本没有什么麦子可收。对门住的宁家大婶子和大姑——她们家也穷得够呛——就带我到本村或外村富人的地里去“拾麦子”。所谓“拾麦子”就是别家的长工割过麦子，总还会剩下那么一点点麦穗，这些都是不值得一捡的，我们这些穷人就来“拾”。因为剩下的绝不会多，我们拾上半天，也不过拾半篮子；然而对我们来说，这已经是如获至宝了。一定是大婶和大姑对我特别照顾，以一个四五岁、五六岁的孩子，拾上一个夏天，也能拾上十斤八斤麦粒。这些都是母亲亲手搓出来的。为了对我加以奖励，麦季过后，母亲便把麦子磨成面，蒸成馍馍，或贴成白面饼子，让我解解馋。我于是就大快朵颐了。

记得有一年，我拾麦子的成绩也许是有点“超常”。到了中秋节——农民嘴里叫“八月十五”——母亲不知从哪里弄了点月饼，给我掰了一块，我就蹲在一块石头旁边，大吃起来。在当时，对我来说，月饼可真是神奇的好东西，龙肝凤髓也难以比得上的，我难得吃上一次。我当时并没有注意，母亲是否也在吃。现在回想起来，她根本一口也没有吃。不但是月饼，连其他“白的”，母亲从来都没有尝过，都留给我吃了。她大概是毕生就与红色的高粱饼子为伍。到了俭年，连这个也吃不上，那就只有吃野菜了。

至于肉类，吃的回忆似乎是一片空白。我姥娘家隔壁是一家卖煮牛肉的作坊。给农民劳苦耕耘了一辈子的老黄牛，到了老年，耕不动了，几个农民便以极其低的价钱买来，用极其野蛮的办法杀死，把肉煮烂，然后卖掉。老牛肉难煮，实在没有办法，农民就在肉锅里小便一通，这样肉就好烂了。农民心肠好，有了这种情况，就昭告四邻：“今天的肉你们别买！”姥娘家穷，虽然极其疼爱我这个外孙，也只能用土罐子，花几个制钱，装一罐子牛肉汤，聊胜于无。记得有一次，罐子里多了一块牛肚子。这就成了我的专利。我舍不得一气吃掉，就用生了锈的小铁刀，一块一块地割着吃，慢慢地吃。这一块牛肚真可以同月饼媲美了。

“白的”、月饼和牛肚难得，“黄的”怎样呢？“黄的”也同样难得。但是，尽管我只有几岁，我却也想出了办法。到了春、夏、秋三个季节，庄外的草和庄稼都长起来了。我就到庄外去割草，或者到人家高粱地里去劈高粱叶。劈高粱叶，田主不但不禁止，而且还欢迎；因为叶子一劈，通风情况就能改进，高粱长得就能更好，粮食打得就能更多。草和高粱叶都是喂牛用的。我们家穷，从来没有养过牛。我二大爷家是有地的，经常养着两头大牛。我这草和高粱叶就是给它们准备的。每当我这个不到三块豆腐干高的孩子背着一大捆草或高粱叶走进二大爷家的大门，我心里有所恃而不恐，把草放在牛圈里，赖着不走，总能蹭上一顿“黄的”吃，不会被二大娘“卷”（我们那里的土话，意思是“骂”）出来。到了过年的时候，自己心里觉得，在过去的一年里，自己喂牛立了功，又有了勇气到二大爷家里赖着吃黄面糕。黄面糕是用黄米面加上枣蒸成的。颜色虽黄，却位列“白的”之上，因为一年只在过年时吃一次，“物以稀为贵”，于是黄面糕就贵了起来。

我上面讲的全是吃的东西，为什么一讲到母亲就讲起吃的东西来了呢？原因并不复杂。第一，我作为一个孩子容易关心吃的东西。第二，所有我在上面提到的好吃的东西，几乎都与母亲无缘。除了“红的”以外，其余她都不沾边儿。我在她身边只待到六岁，以后两次奔丧回家，待的时间也很短。现在我回忆起来，连母亲的面影都是迷离模糊的，没有一个清晰的轮廓。特别有一点，让我难解而又易解：我无论如何也回忆不起母亲的笑容来，她好像是一辈子都没有笑过。家境贫困，儿子远离，她受尽了苦难，笑容从何而来呢？有一次我回家听对面的宁大婶子告诉我说：“你娘经常说：‘早知道送出去回不来，我无论如何也不会放他走的！’”简短的一句话里面含着多少辛酸、多少悲伤啊！母亲不知有多少日日夜夜，眼望远方，盼望自己的儿子回来啊！然而这个儿子却始终没有归去，一直到母亲离开这个世界。

对于这个情况，我最初懵懵懂懂，理解得并不深刻。到了上高中的时候，自己大了几岁，逐渐理解了。但是自己寄人篱下，经济不能独立，空有雄心壮志，怎奈无法实现，我暗暗地下定了决心，立下誓愿：一旦大学毕业，自己找到工作，立即迎养母亲。然而没有等到我大学毕业，母亲就离开我走了，永远永远地走了。古人说："树欲静而风不止，子欲养而亲不待。"这话正应到我身上，我不忍想象母亲临终时思念爱子的情况；一想到，我就会心肝俱裂，眼泪盈眶。当我从北平赶回济南，又从济南赶回清平奔丧的时候，看到了母亲的棺材，看到那简陋的屋子，我真想一头撞死在棺材上，随母亲于地下。我后悔，我真后悔，我千不该万不该离开了母亲。世界上无论什么名誉，什么地位，什么幸福，什么尊荣，都比不上待在母亲身边，即使她一个字也不识，即使整天吃"红的"。

这就是我的"永久的悔"。

1994 年 3 月 5 日

我的第一位老师

他实际上不是我的第一位老师。在他之前，我已经有几位老师了。不过都已面影迷离，回忆渺茫，环境模糊，姓名遗忘。只有他我还记得最清楚，因而就成了第一了。

我这第一位老师，姓李，名字不知道。这并非由于忘记，而是当时就不注意。一个九岁的孩子，一般只去记老师的姓，名字则不管。倘若老师有“绰号”——老师几乎都有的——，则只记绰号，连姓也不管了。我们小学就有“shao qianr（即知了，蝉。济南这样叫，不知道怎样写）”“卖草纸的”等等老师。李老师大概为人和善，受到小孩子的尊敬，又没有什么特点，因此逃掉起“绰号”这一有时颇使老师尴尬的关。

我原在济南一师附小上学，校长是新派人物，在山东首先响应五四运动，课本改为白话。其中有一篇《阿拉伯的骆驼》，是一个众所周知的寓言故事。我叔父忽然有一天翻看语文课本，看到这一篇，勃然大怒，高声说：“骆驼怎么能会说话！荒唐之至！快转学！”

于是我就转了学，转的是新育小学。因为侥幸认识了一个“骡”字，震动了老师，让我从高小开始，三年初小，统统赦免。一个字竟能为我这一生学习和工作提前了一两年，不称之为运气好又称之为什么呢？

新育校园极大，从格局上来看，旧时好像是什么大官的花园。门东向，进门左拐，有一排平房。沿南墙也有一排平房，似为当年仆人的住处。平房前面有一片空地，偏西有修砌完好的一大圆池塘，我可从来没见过里面有水，只是杂草丛生而已。池畔隙地也长满了杂草，春夏秋三季，开满了杂花，引得蜂蝶纷至，野味十足，与大自然浑然一体。倘若印度大诗人泰戈尔来到这里，必然认为是办学的最好的地方。

进校右拐，是一条石径，进口处木门上有一匾，上书“循规蹈矩”。我对这四个字感到极大的兴趣，因为它们难写，更难懂。我每天看到它，但是一直到毕业，我也不知道是什么意思。

石径右侧是一座颇大的假山，石头堆成，山半有亭。本来应该是栽花的空地上，现在却没有任何花，仍然只是杂草丛生而已。遥想当年鼎盛时，园主人大官正在辉煌夺目之时，山半的亭子必然彩绘一新，耸然巍然。山旁的隙地上也必然是栽满了姚黄魏紫，国色天香。纳兰性德的词“晚来风动护花铃，人在半山亭”所流露出来的高贵气象，必然会在这里出现。然而如今却是山亭颓败，无花无铃，唯有夕阳残照乱石林立而已。

可是，我却忘记不了这一座假山，不是由于它景色迷人，而是由于它脚下那几棵又高又粗的大树。此树我至今也不知道叫什么名字。它春天开黄色碎花，引得成群的蜜蜂绕花嗡嗡，绿叶与高秆并配，花香与蜂鸣齐飞，此印象至今未泯。我之所以怀念它还有另外一个原因，当年连小学生也是并不那么“循规蹈矩”的——那四个字同今天的一些口号一样，对我们丝毫也不起作用。如果我们觉得哪个老师不行，我们往往会“架”（赶走也）他。“架”的方式不同，不要小看小学生，我们的创造力是极为丰富多彩的。有一个教师就被我们“架”走了。采用的方式是每个同学口袋里装满那几棵大树上结的黄色的小果子，这果子味涩苦，不能吃，我们是拿来作武器的。预备被“架”的老师一走进课堂，每人就从口袋里掏出那种黄色的小果子，投向老师。宛如旧时代两军对阵时万箭齐发一般，是十分有威力的。老师知趣，中了几弹之后，连忙退出教室，卷起铺盖回家。

假山对面，石径左侧，有一个单独的大院子，中建大厅，既高且大，雄伟庄严，是校长办公的地方。当年恐怕是大官的客厅，布置得一定非常富丽堂皇。然而，时过境迁，而今却是空荡荡的，除了墙上挂的一个学生为校长画的炭画像以外，只有几张破桌子，几把破椅子，一副寒酸相。一个小学校长会有多少钱来摆谱呢？

可是，这一间破落的大厅却给我留下了难以磨灭的印象，至今历历如在眼前。我曾在这里因为淘气被校长用竹板打过手心，打得相当厉害，一直肿了几天，胖胖的，刺心地痛。此外，厅前有两个极大的用土堆成用砖砌好的花坛，春天栽满了牡丹和芍药。有一年，我在学校里上英文补习夜班，下课后，在黑暗中，我曾偷着折过一朵芍药。这并不光彩的事，也使我忆念难忘，直至今天耄耋之年，仍然恍如昨日。

大厅院外，石径尽头，有一个小门，进去是一个大院子，整整齐齐，由东到西，盖了两排教室，是平房，房间颇多，可以供全校十几个班的学生上课。教室后面，是大操场，操场西面，靠墙还有几间房子，老师有的住在那里。门前两棵两人合抱的大榆树，叶子长满时，浓荫覆盖一大片地。树上常有成群的野鸟住宿。早晨和黄昏，噪声闹嚷嚷的，有似一个嘈杂无序的未来派的音乐会。

现在该说到我们的李老师了。他上课的地方就在靠操场的那一排平房的东头的一间教室里。他是我们的班主任，教数学、地理、历史什么的。他教书没有什么特点，因此，我回忆不出什么细节。我们当时还没有英文课，学英文有夜班，好像是要另出钱的，不是正课。可不知为什么我却清清楚楚地回忆起一个细节来：李老师在我们自习班上教我们英文字母，说f这个字母就像是一只大蜂子，腰细两头尖。这个比喻形象生动，所以一生不忘。他为什么讲到英文字母，其他字母用什么来比喻，我都记不清了。

还有一件事情让我至今难以忘怀。有一年春天，大概是在清明前后，李老师领我们这一班学生，在我上面讲到的圆水池边上，挖地除草，开辟出一块菜地来，种上了一些瓜果蔬菜一类的东西。我们这一群孩子，平均十一二岁的年龄，差不多都是首次种菜，眼看着乱草地变成了整整齐齐、成垅成畦的菜地，春雨沾衣欲湿，杏花在雨中怒放。古人说："杏花春雨江南。"我们现在是杏花春雨北国。地方虽异，其情趣则一也。春草嫩绿，垂柳鹅黄，真觉得飘飘欲仙。那时候我还不会"为赋新词强说愁"，实际上也根本无愁可说，浑身舒服，意兴盎然。我现在已经经过了八十多个春天，像那样的一个春天，我还没有过过，今后大概也不会再有了。

所有这一切，都是同李老师紧密联系在一起的。因此，众多的小学老师，我只记住了李老师一个人，也可以说是事出有因了吧。李老师总是和颜悦色，从不疾言厉色。他从来没有用戒尺打过任何学生，在当时体罚成风、体罚有理的风气下，这是十分难得的。他住的平房十分简陋，生活十分清苦。但从以上说的情况来看，他真能安贫乐道，不改其乐。

我十三岁离开新育小学，以后再没有回去过。我不知道，李老师后来怎样了，心里十分悔恨。倘若有人再让我写一篇《赋得永久的悔》，我一定会写这一件事。差幸我大学毕业以后，国内国外，都步李老师后尘，当一名教师，至今已有六十多年了，我当一辈子教员已经是注定了的。只有这一点可以告慰李老师在天之灵。

李老师永远活在我的心中。

1996年7月

小金山

夜来香开花的时候

夜来香开花的时候，我想到王妈。我不能忘记，在我刚走出童年的几年中，不知道有几个夏夜里，当闷热渐渐透出了凉意，我从飘忽的梦境里转来的时候，往往可以看到窗纸上微微有点白；再一沉心，立刻就有嗡嗡的纺车的声音，混着一阵阵的夜来香的幽香，流了进来。倘若走出去看的话，就可以看到，一盏油灯放在夜来香丛的下面，昏黄的灯光照彻了小院，把花的高大支离的影子投在墙上，王妈坐在灯旁纺着麻，她的黑而大的影子也被投在墙上，合了花的影子在晃动着。

她是老了。我不知道她什么时候到我们家里来的。当我从故乡来到这个大都市的时候，我就看到她已经在我们家里来来往往地做着杂事。那时，她已经似乎很老了。对我，从那时到现在，是一个从莫名其妙的朦胧里渐渐走到光明的一段。最初，我看到一切事情都像隔了一层薄纱。虽然到现在这层薄纱也没能撤去，但渐渐地却看到了一点光亮，于是有许多事情就不能再使我糊涂。就在这从朦胧到光亮的一段里，我们搬过两次家。第一次搬到一条歪曲铺满了石头的街上。王妈也跟了来。房子有点旧，墙上满是雨水的渍痕。只有一个窗子的屋里白天也是暗沉沉的。我童年的大部分时间就在这黑暗的屋里消磨过去。院子里每一块土地都印着我的足迹。现在我还能清晰地记起来屋顶上在秋风里颤抖的小草，墙角檐下挂着的蛛网。但倘若笼统想起来的话，就只剩一团苍黑的印象了。

倘若我的记忆可靠的话，在我们搬到这苍黑的房子里第二年的夏天，小小的院子里就有了夜来香。当时颇有一些在一起玩的小孩，往往在闷热的黄昏时候聚在一块，仰卧在席上数着天空里飞来飞去的蝙蝠。但是最引我们注意的却是夜来香的黄花——最初只是一个长长的花苞，我们目不转睛地注视着它。还不开，还不开，蓦地一眨眼，再看时，长长的花苞已经开放成伞似的黄花了。在当时的心里，觉得这样开的花是一个奇迹。这花又毫不吝惜地放着香气。王妈也很高兴。每天她总把所有开过的花都数一遍。当她数着的时候，随时有新的花在一闪一闪地开放着。她眼花缭乱，数也数不清。我们看了她慌张而又用心的神情，不禁一起哄笑起来。就这样，每一个黄昏都在奇迹和幽香里度过去，每一个夜跟着每一个黄昏走了来。在清凉的中夜里，当我从飘忽的梦境里转来的时候，就可以看到王妈的投在墙上的黑而大的影子在合着夜来香的影子晃动了。

就在这样一个环境里，我第一次觉到我的眼前渐渐地亮起来。以前我看王妈只像一个影子。现在我才发现她也同我一样地是一个活动的人。但是我仍然不明了她的身世。在小小的心灵里，我并想不到她这样大的年纪出来佣工有什么苦衷；我只觉得她同我们住在一起，就是我们家里的一个人，她也应该同我们一样地快活。童稚的心岂能知道世界上还有不快活的事情吗？

在初秋的暴雨里，我看到她提着篮子出去买菜；在严冬大雪的早晨，我看到她点着灯起来生炉子。冷风把她的手吹得红萝卜似的开了裂，露

出鲜红的肉来。我永远忘不掉这两只有着鲜红裂口的手！她有自己的感情，自己的脾气，这些都充分表示出一个北方农民的固执与倔强。但我在黄昏的灯下却常听到她不时吐出的叹息。我从小就是孤独的。在我小小的心里，一向感觉到缺少点什么。我虽然从没叹息过，但叹息却堆在我的心里。现在听了她的叹息，我的心仿佛得到被解脱的痛快。我愿意听这样的低咽的叹息从这垂老的人的嘴里流出来。在她，不知因为什么，闲下来的时候，也总爱找着我说话。她告诉我，她的丈夫是村里唯一的秀才，但没能捞上一个举人就死去了。她自己被家里的妯娌们排挤，不得已才出来佣工。有一个儿子，因为乡里没有饭吃，到关外做买卖去了。留下一个媳妇在这大城里，似乎也不大正经。她又告诉我，她年轻的时候，怎样刚强，怎样有本领，和许多别的美德；但谁又知道，在垂老的暮年又被迫着走出来谋生，只落得几声叹息呢。

以后，这叹息就时时可以听到。她特别注意到我衣服寒暖。在冬天里，她替我暖，在夏夜里，她替我用大芭蕉扇赶蚊子。她仍然照常地提着篮子出去买菜，冬天早晨用开了鲜红裂口的手生炉子。当夜来香开花的时候，又可以看到她郑重其事地数着花朵。但在不寐的中夜里，晚秋的黄昏里，却连续听到她的叹息，这叹息在沉寂里回荡着，更显得凄冷了。她仿佛时常有话要说。被追问的时候，却什么也不说，脸上只浮起一片惨笑。有时候有意与无意之间，又说到她年轻时候的倔强，她的秀才丈夫。往往归结说到她在关外做买卖的儿子。我们都可以看出来，这老人怎样把暮年的希望和幻想放在她儿子身上。我也曾替她写过几封信给她的儿子，但终于也没能得到答复。这老人心里的悲哀恐怕只有她一个人知道了。

不记得是哪一年，在夏天，又是夜来香开花的时候，她儿子来了信。信里说的，却并不像她想的那样满意，只告诉她，他在关外勤苦几年挣的钱都给别人骗走了；他因为生气，现在正病着，结尾说：“倘若母亲还要儿子的话，就请汇钱给我回家。”这样一封信给她怎样的影响，我们大概都可以想象得出。连着叹了几口气以后，她并没说什么话，但脸色却更阴沉了。这以后，没有叹气，我们只看到眼泪。

我前面不是说，我渐渐从朦胧里走向光明里去么？现在我眼前似乎更亮了。我看透了一些事情：我知道在每个人嘴角常挂着的微笑后面有着怎样的冷酷；我看出大部分的人们都被同样黑暗的命运支配着。王妈就在这冷酷和黑暗的命运下呻吟着活下来。我看透了这老人的眼泪里有着无量的凄凉。我也了解了她的寂寞。

在这时候，我们又搬了一次家，只不过从这条铺满了石头的街的中间移到南头。王妈仍然跟了来。房子比以前好一点，再看不到四壁的雨痕和蜘蛛。每座屋子也都有了两个以上的窗子，而且窗子上还有玻璃。尤其使我满意的是西屋前面两棵高过房檐的海棠。时候大概是春天，因为才搬进来的时候，树上还开满着一团团的花。就在这一年的夏天，大概因为院子大了一点吧，满院里，除了一个大水缸养着子午莲和几十棵凤仙花和其他杂花以外，便只看到一丛丛的夜来香。我现在已经不是孩子，有许多地方要摆出安详的样子来；但在夏天的黄昏时候，却仍然做着孩子时候做的事情。我坐在院子里数着天上飞来飞去的蝙蝠。看着夜色慢慢织入夜来香丛里，一片朦胧的薄暗。一眨眼，眼前已经是一片黄黄的伞似的花了。跟着又有幽香流过来。夜里同蚊子打过了仗，好容易睡过去。各样的梦做过了以后，从飘忽的梦境里转来的时候，往往可以看到窗上有点白，听到嗡嗡的纺车的声音。走出去，就可以看到王妈的黑大的投在墙上的影子在合着夜来香的影子晃动了。

王妈更老了。但我仍然只看到她的眼泪。在她高兴的时候，她又谈到她的秀才丈夫，她的不大正经的儿媳妇，和她病倒在关外的儿子。她仍然提着篮子出去买菜，冬天老早起来生炉子，从她走路的样子上看来，她真有点老了；虽然她自己在别人说她老的时候还在竭力否认着。她有颗简单纯朴的心。因了年纪更大的关系，这颗心似乎就更纯朴简单。往往因为少得了一点所应得的东西，我们就可以看到她的干瘪了的嘴并拢在一起，腮鼓着。似乎要有什么话从里面流出来。然而在这样的情形下往往是没有什么流出的。倘若有人意外地给了她点什么，我们也可以意外地看到这老人从心里流出来的快意的笑了。她不会做荒唐的梦，极小的得失可以支配她的感情。她有一颗简单的心。

日子一天一天地过去，这寂寞的老人就在这寂寞里活下去。上天给了她一个爽直的性情，使她不会向别人买好，不会在应当转圈的时候转圈。因为这，在许多极琐碎的事情上，她给了别人一点小小的不痛快，她自己却得到一个更大的不痛快。这时候，我们就见她在把干瘪了的嘴并拢以后，又在暗暗地流着眼泪了。我们都知道，这眼泪并不像以前想到她儿子时的那眼泪那样有意义。这样的眼泪流多了，顶多不过表示她在应当流的泪以外，还有多余的泪，给自己一点轻松。泪流过了不久，就可以看到她高兴地在屋里来来往往地做着杂事了。她有一颗同孩子一样的简单的心。

在没搬家过来以前，我已经到一个在城外的四面满是湖田和荷池的学校里去读书，就住在那里。只在星期日回家一次。在学校里死沉的空气里住过六天以后，到家里觉得仿佛到了另一个世界。进门先看到王妈的欢乐的微笑。等到踏着暮色走回去的时候，心里竟觉得意外的轻松。这样的情形似乎也延长不算很短的一个期间。虽然我自己的心情随时都有着变化，生活却显得惊人的单调。回看花开花落，听老先生沙着声念古文，拼命地在饭堂里抢馒首，感情冲动的时候，也热烈地同别人打架，时间也就慢慢地过去。

又忘记了是多少时候以后，是星期日，当时我从学校里走回家去的时候，我看到一个黄瘦个儿很高的中年男子在替我们搬移着桌子之类的东西。旁人告诉我，这就是王妈的儿子。几个月以前她把储蓄了几年的钱都汇给他，现在他居然从关外回到家来了。但带回来的除了一床破棉被以外，就剩了一个有着几乎各类的一个他那样用自己的力量来换面包的中年人所能有的病的身子，和一双连霹雳都听不到的耳朵。但终于是个活人，是她的儿子，而且又终于回到家里来了。

王妈高兴。在垂暮的老年，自己的独子，从迢迢的塞外回到她跟前来，这样奇迹似的遭遇怎能不使她高兴呢？说到儿子的身体和病，她也会叹几口气，但儿子终归是儿子，这叹息掩不过她的高兴的，不久，她那不大正经的媳妇也不知从哪里名正言顺地找了来，于是一个小家庭就组成了。儿子显然不能再干什么重劳力的活了，但是想吃饭除了劳力之外又似乎没有第二条路可走。在我第二星期回到家里来的时候，就看到她那说话也需要打手势的儿子在咳嗽着一出一进地挑着满桶的水卖钱了。

这以后，对王妈，对我们家里的人，有一个惊人的大转变。从她那里，我们再听不到叹息，看不到眼泪，看到的只有微笑。有时儿子买了一个甜瓜或柿子，甚至几个小小的梨，拿来送给母亲吃。儿子笑，不说话；母亲也笑，更不说话。我们都可以看出来这笑怎样润湿了这老人的心。每逢过节，或特别日子的时候，儿子把母亲接回家去。当吃完儿子特别预备的东西走回来的时候，这老人脸上闪着红光。提着篮子买菜也更带劲，冬天早晨也更起得早。生命对她似乎是一杯香醪。她高兴地活下去，没有了寂寞，也没有了凄凉，即便再说到她丈夫的时候，也只有含着笑骂一声："早死的死鬼！"接着就兴高采烈地夸起自己年轻时的美德来了。我们都很高兴。我们眼看着这老人用手捏住自己的希望和幻想。辛勤了几十年，现在这希望才在她心里开成了花。

日子又平静地过下去。微笑似乎没离开过她。这老人正做着一个天真的梦。就这样差不多过了一年的时间。中间我还在家里住了一个暑假，每天黄昏时候，躺在院子里的竹床上，数着天上的蝙蝠。夜来香每天照例一闪便开了。我们欣赏着花的香，王妈更起劲地像煞有介事似的数着每天开过的花。但在暑假过了以后，当我再每星期日从学校里走回家来的时候，我看到空气似乎有点不同。从王妈那里我又常听到叹息了。她又找着我说话，她告诉我，儿子常生病，又聋。虽然每天拼命挑水，在有点近于接受别人恩惠的情形下接了别人的钱，却连肚皮也填不饱。这使他只有更拼命；然而结果，在已经有了的病以外，又添了其他可能的新病。儿媳妇也学上了许多新的譬如喝酒抽烟之类的毛病。她丈夫自然不能满足她；凭了自己的机警，公然在她丈夫面前同别人调情，而且又进一步姘居起来了。这老人早起晚睡侍候别人颜色挣来的钱，以前是被严谨地锁在一个箱子里的，现在也慢慢地流出来，换成面包，填充她儿子的肚皮了。她为儿子的病焦灼，又生媳妇的气，却没办法。这有一颗简单的心的老人只好叹息了。

儿子病的次数加多起来，而且也厉害起来。在很短的期间，这叹息就又转成眼泪了。以前是因为有幻想和希望而不能捉到才流泪；现在眼看着幻想和希望要在自己手里破碎，这泪当然更沉痛了。我虽然不常在家里，但常听人们说到，每次她从儿子那里回来的时候，总带回来惊人多的叹息和眼泪。问起来，她就说到儿子怎样病，几天不能挑水，柴米没有，媳妇也不知道跑到什么地方去了。于是在静寂的中夜里，就又常听到她低咽的暗泣。她现在再也没有心绪谈到她的秀才丈夫，夸耀自己年轻时的美德，处处都显示出衰老的样子。流泪成了日常的工作，泪也终于流不完。并没延长了多久，她有了病，眼也给一层白膜障上了。她说，她不想死。真的，随处都表示出，她并不想死。她请医生，供神水，喝符，用大葱叶包起七个活着的蜘蛛生生吞下去，以及一切的偏方正方。

为了自己的身子，她几乎忘掉了一切。大约有几个月以后吧，身子好了，却只剩下了一只眼。

她更显得衰老了。腰佝偻着，剩下的一只眼似乎也没有什么大用。走路的时候，只是用手摸索着走上去。每次我看她拿重一点的东西而曲着背用力的时候，看到她从儿子那里回来含着泪慢慢地踱进自己的幽暗的小屋里去的时候，我真想哭。虽然失掉一只眼睛，但并没有失掉了固有的性情，她仍然倔强，仍然不会卖好，不会在应当转圈的时候转圈；也就仍然常常碰到点小不痛快，流两次无所谓的眼泪。她同以前一样，有着一颗简单又纯朴的心。

四年前，为了一个近于荒诞的理想，我从故乡来到这辽远的故都里。我看到的自然是另一个新的世界，但这世界却不能吸引着我；我时常想到王妈，想到她数夜来香的神情，想到她红萝卜似的开了鲜红裂口的手。第一年寒假回家的时候，迎着我的是她的欢迎的微笑。只有我了解她这笑是怎样勉强做出来的。前年的冬天，我又回家去。照例一阵微微的晕眩以后，我发现家里少了一个人，以前笑着欢迎我的王妈到哪里去了呢？问起来，才知道这老人已经回老家去了。在短短的半年里，她又遭遇到许多不如意的事情。因为看到放在儿子身上的希望和幻想渐渐渺茫起来，又因为自己委实有点老了，于是就用勉强存起来的一点钱在老家托人买了一口棺材。这老人已经看透了自己一生决定了不过是这么回事，趁着没死的时候，预备点东西，过一个痛快的死后的生活吧。但这口棺材却毫无理由地被她一个先死去的亲戚占去了。从年轻时候守节受苦，到垂老的暮年出来佣工，辛苦了一生，老把自己的希望和幻想拴在儿子身上，结果是幻灭；好容易自己又制了一个死后的美丽的梦，现在又给打碎了。她不懂怎样去诉苦，也没人可诉。这颗经了七十年痛创的简单又纯朴的心能容得下这些破损吗？她终于病倒了。

正要带着儿子和媳妇回老家去养病的时候，儿子竟然经不起病的摧折死去了。我不忍去想象，悲哀怎样啮着这老人的心。她终于回了家。我们家里派了一个人去送她。临走的时候，她还带着恳乞的神气说：“只要病好了，我还回来。”生命的火还在她心里燃烧着，她不想死的。在严冬的大风雪里，在灰暗的长天下，坐在一辆独轮小车上，一个垂老的人，带了自己独子的棺材，带了一个艰苦地追求了一辈子而终于得到的大空虚，带了一颗碎了的心，回到自己的故乡里去，把一切希望和幻想都抛到后面，人们大概总能想象到这老人的心情吧！我知道会有种种的幻影在她眼前浮掠，她会想到过去自己离开家时的情景，然而现在眼前明显摆着的却是一个不可避免的黑洞，一切就都归到这洞里去。车走上一个小木桥的时候，忽然翻下河去，这老人也被倾到水里。被人捞上来的时候，浑身都结了冰。她自己哭了，别人也都哭起来。人生到这样一个地步，还有什么话可以说呢？这纯朴的老人也不能不咒骂自己的命运了。

我不忍去想象，她怎样在那穷僻的小村里活着的情形。听人说，剩下的一只眼睛也哭得失了明。自己的房子已经卖给别人，只好借住在亲戚家里。一闭眼，我就仿佛能看到她怎样躺到床上呻吟，但没有人去理会她；她怎样起来沿着墙摸索着走，她怎样呼喊着老天。她的红萝卜似的开了裂口流着红血的手在我眼前颤动……以前存的钱一个也没能剩下，她一定会回忆到自己困顿的一生，受尽人们的唾弃，老年也还免不了早起晚睡侍候别人的颜色；到死却连自己一点无论怎样不能成为希望和幻想的希望和幻想都一个不剩地破碎了去。过去的黑影沉重地压在她心头。人到欲哭无泪的地步，还有什么话可说呢？我听不到她的消息，我只有单纯地有点近于痴妄地希望着，她能好起来，再回到我们家里去。

但这岂是可能的呢？第二年暑假我回家的时候，就听人说，王妈死了。我哭都没哭，我的眼泪都堆在心里，永远地。现在我的眼前更亮，我认识了怎样叫人生，怎样叫命运。——小小的院子里仍然挤满了夜来香。黄昏里我仍然坐在院子里的竹床上，悲哀沉重地压住了我的心。我没有心绪再数蝙蝠了。在沉寂里，夜来香自己一闪一闪地开放着，却没有人再去数它们。半夜里，当我再从飘忽的梦境里转来的时候，看不到窗上的微微的白光，也再听不到嗡嗡的纺车的声音，自然更看不到照在四面墙上的黑而大的影子在和着历乱的枝影晃动。一切都死样的沉寂。我的心寂寞得像古潭。第二天早晨起来的时候，整夜散放着幽香的夜来香的伞似的黄花枝枝都枯萎了。没了王妈，夜来香哪能不感到寂寞呢？

1935 年

月是故乡明

每个人都有个故乡，人人的故乡都有个月亮。人人都爱自己故乡的月亮。事情大概就是这个样子。

但是，如果只有孤零零一个月亮，未免显得有点儿孤单。因此，在中国古诗文中，月亮总有什么东西当陪衬，最多的是山和水，什么“山高月小”“三潭印月”等等，不可胜数。

我的故乡是在山东西北部大平原上。我小的时候，从来没有见过山，也不知山为何物。我曾幻想，山大概是一个圆而粗的柱子吧，顶天立地，好不威风。以后到了济南，才见到山，恍然大悟：原来山是这个样子呀！因此，我在故乡里望月，从来不同山联系。像苏东坡说的“月出于东山之上，徘徊于斗牛之间”，完全是我无法想象的。

至于水，我的故乡小村却大大地有。几个小苇坑占了小村一多半。在我这个小孩子眼中，虽不能像洞庭湖“八月湖水平”那样有气派，但也颇有一点儿烟波浩渺之势。到夏天黄昏以后，我在坑边场院里躺在地上，数天上的星星。有时候在古柳下面点起篝火，然后上树一摇，成群的知了飞落下来。比白天用嚼烂的麦粒去粘要容易得多。我天天晚上乐此不疲，天天盼望黄昏早早来临。

到了更晚的时候，我走到坑边，抬头看到晴空一轮明月，清光四溢，与水里的那个月亮相映成趣。我当时虽然还不懂什么叫诗兴，但也顾而乐之，心中油然有什么东西在萌动。有时候在坑边玩很久，才回家睡觉。在梦中见到两个月亮叠在一起，清光更加晶莹澄澈。第二天一早起来，到坑边苇子丛里去捡鸭子下的蛋。白白地一闪光，手伸向水中，一摸就是一个蛋。此时更是乐不可支了。

我只在故乡待了六年，以后就离乡背井，漂泊天涯。在济南住了十多年，在北京度过四年，又回到济南待了一年，然后在欧洲住了近十一年，重又回到北京，到现在已经四十多年了。在这期间，我曾到过世界上将近三十个国家，看过许许多多的月亮。在风光旖旎的瑞士莱芒湖上，在平沙无垠的非洲大沙漠中，在碧波万顷的大海中，在巍峨雄奇的高山上，我都看到过月亮。这些月亮应该说都是美妙绝伦的，我都异常喜欢。但是，看到它们，我立刻就想到我故乡中那个苇坑上面和水中的那个小月亮。对比之下，无论如何我也感到，这些广阔世界的大月亮，万万比不上我那心爱的小月亮。不管我离开我的故乡多少万里，我的心立刻就飞来了。我的小月亮，我永远忘不掉你！

我现在年近耄耋，住的朗润园是燕园胜地。此地有茂林修竹，绿水环流，还有几座土山，点缀其间，风光无疑是绝妙的。前几年，我从庐山休养回来，一个同在庐山休养的老朋友来看我。他看到这样的风光，慨然说："你住在这样的好地方，还到庐山去干吗呢？"可见朗润园给人印象之深。此地既然有山，有水，有树，有花，有鸟，每逢望夜，一轮当空，月光闪耀于碧波之上，上下空蒙，一碧数顷，而且荷香远溢，宿鸟幽鸣，真不能不说是赏月胜地。荷塘月色的奇景，就在我的窗外。

不管是谁来到这里，难道还能不顾而乐之吗？

然而，每值这样的良辰美景，我想到的仍然是故乡苇坑里的那个平凡的小月亮。见月思乡，已经成为我经常的经历。思乡之病，说不上是苦是乐，其中有追忆，有惆怅，有留恋，有惋惜。流光如逝，时不再来。在微苦中实有甜美在。

月是故乡明，我什么时候能够再看到我故乡的月亮呀？我怅望南天，心飞向故里。

1989 年 11 月 3 日

回家

从医院里捡回来了一条命，终于带着它回家来了。

由于自己的幼稚、固执、迷信“癣疥之疾”的说法，竟走到了向阎王爷那里去报到的地步。也许是因为文件盖的图章不够数，或者红包不够丰满，被拒收，又溜达回来，住进了三〇一医院。这一所医德、医术、医风三高的医院，把性命奇迹般地还给了我，给了我一次名副其实的新生。

现在我回家来了。

什么叫家？以前没有研究过。现在忽然间提了出来，仍然是回答不上来。要说家是比较长期居住的地方，那么，在欧洲游荡了几百年的吉卜赛人住在流动不居的大车上，这算不算家呢？

我现在不想仔细研究这种介乎形而上学和形而下学之间的学问。还是让我从医院说起吧。

这一所医院是全国著名的，称之为超一流，是完全名副其实的。我相信，即使是最爱挑剔的人也绝不会挑出什么毛病来。从医疗设备到医生水平，到病房的布置，到服务态度，到工作效率，等等，无不尽如人意。就是这样一个地方，我初搬入的时候，心情还浮躁过一阵，我想到我那在燕园垂杨深处的家，还有我那盈塘的季荷和小波斯猫。但是住过一阵之后，我的心情平静了，我觉得住在这里就像是住在天堂乐园里一般。一个个穿白大褂的护士小姐都像是天使，幸福就在这白色光芒里闪烁。我过了一段十分愉快的生活。约莫一个月以后，病情已经快达到了痊愈的程度。虽然我的生活仍然十分甜美，手脚上长出来的丑类已经完全消灭，笔墨照舞照弄不误，我的心情却无端又浮躁起来。我想到，此地“信美非吾土”。我又想到了我那盈塘的季荷和小波斯猫。我要回家了。

回到朗润园的时候，已是黄昏时分。韩愈诗“黄昏到寺蝙蝠飞”，我现在是“黄昏到园蝙蝠飞”，空中确有蝙蝠飞着。全园还没有到灯火辉煌的程度。在薄暗中，盈塘荷花的绿叶显不出绿色，只是灰蒙蒙的一片。独有我那小波斯猫，不知是从什么地方窜了出来，坐下惊愣了一阵，认出了是我，立即跳了上来，在我的两腿间蹭来蹭去，没完没了。它好像是要说：“老伙计呀！你可是到哪里去了？叫我好想呀！”我一进屋，它立即跳到我的怀里，无论如何，也不离开。

第二天早晨，我照例四点多起床。最初，外面还是一片黢黑，什么东西也看不清。不久，东方渐渐白了起来，天蒙蒙亮了。早晨锻炼的人开始出来了。一个穿红衣服的小伙子跑步向西边去了。接着就从西面走来了那一位挺着大肚子的中年妇女，跟在后面距离不太远的是那一位寡居的教授夫人。这些人都是我天天早上必先见到的人物，今天也不例外。一恍神，我好像根本没有离开过这里。在医院里的四十六天，好像是在宇宙间根本没有存在过，在时间上等于一个零。

等到天光大亮的时候，我仔细观察我的季荷。此时，绿盖满塘，浓碧盈空，看了令人精神为之一振。“心有灵犀一点通”，中国人相信人心是能相通的。我现在却相信，荷花也是有灵魂的，它与人心也能相通的。我的荷花掐指一算，我今年当有新生之喜，于是憋足了劲要大开一番，以示庆祝。第一朵花正开在我的窗前，是想给我一个信号。孤零零的一大朵红花，朝开夜合，确实带给了我极大的欢悦。可是荷花万没有想到，连我自己都没有想到嘛，我突然住进了医院。听北大到医院来看我的人说，荷花先是一朵，后是几朵，再后是十几朵，几十朵，上百朵，超过一百朵，开得盈塘盈池，红光照亮了朗润园，成了燕园中一道亮丽的风景线。可惜我在医院里不能亲自欣赏，只有躺在那里玄想了。

我把眼再略微抬高了一点，看到荷塘对岸的万众楼，依然雕梁画栋，金碧辉煌。楼名是我题写的。因为楼是西向的，我记得过去只有在夕阳返照中才能看清楚那三个金光闪闪的大字。今天，朝阳从楼后升起，楼前当然是黑的；但不知什么东西把阳光反射了回去，那三个大字正处在光环中，依然金光闪闪。这是极细微的小事，但是，我坐在这里却感到有无穷的逸趣。

与万众楼隔塘对峙的是一座小山，出我的楼门，左拐走十余步就能走到。记得若干年前，一到深秋，山上的树丛叶子颜色一变，地上的草一露枯黄相，就给人以萧瑟凄清的感觉，这正是悲秋的最佳时刻。后来栽上了丰花月季，据说一年能开花十个月。前几年，一个初冬，忽然下起了一场大雪。小山上的树枝都变成了赤条条毫无牵挂。长在地上的东西都被覆盖在一片茫茫的白色之下。令我吃惊的是，我瞥见一枝月季，从雪中挺出，顶端开着一朵小花，鲜红浓艳，傲雪独立。它仿佛带给了我灵感，带给了我活力，带给了我无穷无尽的希望。我一时狂欢不能自禁。

小山上，树木丛杂，野草遍地，是鸟类的天堂。当前全世界人口爆炸，人与鸟兽争夺生存空间。燕园这一大片地带，如果从空中向下看的话，一定是一片浓绿，正是鸟类所垂青的地方。因此，这里的鸟类相对来说是比较多的。每天早晨，最先出现的往往是几只喜鹊，在山上塘边树枝间跳来跳去，兴高采烈。接着出场的是成群的灰喜鹊，也是在树枝间蹦蹦跳跳，兴高采烈。到了春天，当然会有成群的燕子飞来助兴。此时，啄木鸟也必然飞来凑趣，把古树敲得砰砰作响，好像要给这一场万籁齐鸣的音乐会敲起鼓点儿。空中又响起了布谷鸟清脆的鸣声，由远到近，又由近到远，终于消逝在太空中。我感到遗憾的是，以前每天都看到乌鸦从城里飞向远郊，成百，上千，黑压压一片。今天则片影无存了。我又遗憾见不到多少麻雀。20 世纪 50 年代被定为四害之一的麻雀，曾被大量捕杀，酿成了举世闻名的闹剧。现在则濒于灭绝。在小山上偶尔见到几只，灰头土脑，然而却惊为奇宝了。

幼时读唐诗，读了“西塞山前白鹭飞”“两个黄鹂鸣翠柳，一行白鹭上青天”，曾向往白鹭青天的境界，只是没有亲眼看见过。一直到 1951 年访问印度，曾在从加尔各答乘车到国际大学的路上，在一片浓绿的树木和荷塘上面的天空里，才第一次看到白鹭上青天的情景，顾而乐之。第二次见到白鹭是在前几年游广东佛山的时候。在一片大湖的颇为遥远的对岸上绿树成林，树上都开着白色的大花朵。最初我真以为是花。然而不久却发现，有的花朵竟然飞动起来，才知道不是花朵而是白鸟。我又顾而乐之。其实就在我入医院前不久，我曾瞥见一只白鸟从远处飞来，一头扎进荷叶丛中，不知道在里面鼓捣了些什么，过了许久，又从另一个地方飞出荷叶丛，直上青天，转瞬就消逝得无影无踪了。我难道能不顾而乐之吗？

现在我仍然枯坐在临窗的书桌旁边，时间是回家的第二天早上。我的身子确实没有挪窝儿，但是思想却是活跃异常。我想到过去，想到眼前，又想到未来，甚至神驰万里想到了印度。时序虽已是深秋，但是我的心中却仍是春意盎然。我眼前所看到的，脑海里所想到的东西，无一不笼罩上一团玫瑰般的嫣红，无一不闪出耀眼的光芒。记得小时候常见到贴在大门上的一副对联：“万物静观皆自得，四时佳兴与人同。”现在朗润园中的万物，鸟兽虫鱼，花草树木，无不自得其乐。连这里的天都似乎特别蓝，水都似乎特别清。眼睛所到之处，无不令我心旷神怡。思想所到之处，无不令我逸兴遄飞。我真觉得，大自然特别可爱，生命特别可爱，人类特别可爱，一切有生无生之物特别可爱，祖国特别可爱，宇宙万物无有不可爱者。欢喜充满了三千大千世界。

现在我十分清醒地意识到，我是带着捡回来的新生回家来了。

我的家是一个温馨的家。

2002 年 10 月 14 日

ANTIGUA
FIGUERAS

万物皆可爱

我真觉得,大自然特别可爱,生命特别可爱,人类特别可爱,一切有生无生之物特别可爱,祖国特别可爱,宇宙万物无有不可爱者。欢喜充满了三千大千世界。

听雨

从一大早就下起雨来。下雨，本来不是什么稀罕事儿，但这是春雨，俗话说："春雨贵如油。"而且又在罕见的大旱之中，其珍贵就可想而知了。

"润物细无声"，春雨本来是声音极小极小的，小到了"无"的程度。但是，我现在坐在隔成了一间小房子的阳台上，顶上有块大铁皮。楼上滴下来的檐溜就打在这铁皮上，打出声音来，于是就不"细无声"了。按常理说，我坐在那里，同一种死文字拼命，本来应该需要极静极静的环境、极静极静的心情，才能安下心来，进入角色，来解读这天书般的玩意儿。这种雨敲铁皮的声音应该是极为讨厌的，是必欲去之而后快的。

然而，事实却正相反。我静静地坐在那里，听到头顶上的雨滴声，此时有声胜无声，我心里感到无量的喜悦，仿佛饮了仙露，吸了醍醐，大有飘飘欲仙之感了。这声音时慢时急，时高时低，时响时沉，时断时续，有时如金声玉振，有时如黄钟大吕，有时如大珠小珠落玉盘，有时如红珊白瑚沉海里，有时如弹素琴，有时如舞霹雳，有时如百鸟争鸣，有时如兔起鹘落，我浮想联翩，不能自已，心花怒放，风生笔底。死文字仿佛活了起来，我也仿佛又溢满了青春活力。我平生很少有这样的精神境界，更难为外人道也。

在中国，听雨本来是雅人的事。我虽然自认还不是完全的俗人，但能否就算是雅人，却还很难说。我大概是介乎雅俗之间的一种动物吧。中国古代诗词中，关于听雨的作品是颇有一些的。顺便说上一句：外国诗词中似乎少见。我的朋友章用回忆表弟的诗中有："频梦春池添秀句，每闻夜雨忆联床。"是颇有一点诗意的。连《红楼梦》中的林妹妹都喜欢李义山的"留得枯荷听雨声"之句。最有名的一首听雨的词当然是宋代蒋捷的《虞美人》，词不长，我索性抄它一下：

少年听雨歌楼上，红烛昏罗帐。壮年听雨客舟中，江阔云低，断雁叫西风。

而今听雨僧庐下，鬓已星星也。悲欢离合总无情，一任阶前，点滴到天明。

蒋捷听雨时的心情，是颇为复杂的。他是用听雨这一件事来概括自己的一生的，从少年、壮年一直到老年，达到了"悲欢离合总无情"的境界。但是，古今对老的概念，有相当大的悬殊。他是"鬓已星星也"，有一些白发，看来最老也不过五十岁左右。用今天的眼光看，他不过是介乎中、老之间，用我自己比起来，我已经到了望九之年，鬓边早已不是"星星也"，顶上已是"童山濯濯"了。要讲达到"悲欢离合总无情"的境界，我比他有资格。我已经能够"纵浪大化中，不喜亦不惧"了。

可我为什么今天听雨竟也兴高采烈呢？这里面并没有多少雅味，我在这里完全是一个"俗人"。我想到的主要是麦子，是那辽阔原野上的青青的麦苗。我生在乡下，虽然六岁就离开，谈不上干什么农活，但是我拾过麦子，捡过豆子，割过青草，劈过高粱叶。我血管里流的是农民的血，一直到今天垂暮之年，毕生对农民和农村怀着深厚的感情。农民最高希望是多打粮食。天一旱，就威胁着庄稼的成长。即使我长期住在城里，下雨一少，我就望云霓，自谓焦急之情，绝不下于农民。北方春天，十年九旱。今年似乎又旱得邪行。我天天听天气预报，时时观察天上的云气。忧心如焚，徒唤奈何，在梦中也看到的是细雨蒙蒙。

今天早晨，我的梦竟实现了。我坐在这长宽不过几尺的阳台上，听到头顶上的雨声，不禁神驰千里，心旷神怡。在大大小小高高低低，有的方正、有的歪斜的麦田里，每一个叶片都仿佛张开了小嘴，尽情地吮吸着甜甜的雨滴，有如天降甘露，本来有点儿黄萎的，现在变青了。本来是青的，现在更青了。宇宙间凭空添了一片温馨，一片祥和。

我的心又收了回来，收回到了燕园，收回到了我楼旁的小山上，收回到了门前的荷塘内。我最爱的二月兰正在开着花。它们拼命从泥土中挣扎出来，顶住了干旱，无可奈何地开出了红色的、白色的小花，颜色如故，而鲜亮无踪，看了给人以孤苦伶仃的感觉。在荷塘中，冬眠刚醒的荷花，正准备力量向水面冲击。水当然是不缺的。但是，细雨滴在水面上，画成了一个个的小圆圈，方逝方生，方生方逝。这本来是人类中的诗人所欣赏的东西，小荷花看了也高兴起来，劲头更大了，肯定会很快地钻出水面。

我的心又收近了一层，收到了这个阳台上，收到了自己的腔子里，头顶上叮当如故，我的心情怡悦有加。但我时时担心，它会突然停下来。我潜心默祷，祝愿雨声长久响下去，响下去，永远也不停。

1995 年 4 月 13 日

兔子

不记得是什么时候，大概总在我们全家刚从一条满铺了石头的古旧的街的北头搬到南头以后，我有了三只兔子。

说起兔子，我从小就喜欢的。在故乡的时候，同村的许多的家里都养着一窝兔子。在地上掘一个井似的圆洞，不深，在洞底又有向旁边通的小洞。兔子就住在里面。不知为什么，我们却总不记得家里有过这样的洞。每次随了大人往别的养兔子的家里去玩的时候，大人们正在扯不断拉不断絮絮地谈得高兴的当儿，我总是放轻了脚步走到洞口，偷偷地向里瞧——兔子正在小洞外面徘徊着呢。有黑白花的，有纯黑的。我顶喜欢纯白的，因为眼睛红亮得好看。透亮的长耳朵左右摇摆着。嘴也仿佛战栗似的颤动着，在嚼着菜根什么的。蓦地看见人影，都迅速地跑进小洞去了，像一溜溜的白色黑色的烟。倘若再伏下身子去看，在小洞的薄暗里，便只看见一对对的莹透的宝石似的眼睛了。

在我走出了童年以前的某一个春天，记得是刚过了年，因为一种机缘的凑巧，我离开故乡，到一个以湖山著名的都市里去。从栉比的高的楼房的空隙里，我只看到一线蓝蓝的天，这哪里像故乡里锅似的覆盖着的天呢？我看不到远远的笼罩着一层轻雾的树。我看不到天边上飘动的水似的云烟。我嗅不到土的气息。我仿佛住在灰之国里。终日里，我只听到闹嚷嚷的车马的声音。在半夜里，还有小贩的咽声从远处的小巷里飘了过来。我是地之子，我渴望着再回到大地的怀里去。当时，小小的心灵也会感到空漠的悲哀吧。但是，最使我不能忘怀的，占据了我的整个的心的，却还是有着宝石似的眼睛的故乡里的兔子。

也不记得是几年以后了，总之是在秋天，叔父从望口山回家来，仆人挑了一担东西。上面是用蒲包装的有名的肥桃，下面有一个木笼。我正怀疑木笼里会装些什么东西，仆人已经把木笼举到我的眼前了——战栗似的颤动着的嘴，透亮的长长的耳朵，红亮的宝石似的眼睛……这不正是我梦寐渴望的兔子么？记得他临到望口山去的时候，我曾向他说过，要他带几个兔子回来。当时也不过随意一说，现在居然真带来了。这仿佛把我拉回了故乡里去。我是怎么狂喜呢？笼里一共有三只：一只大的，黑色，像母亲；两只小的，白色。我立刻舍弃了美味的肥桃，东跑西跑，忙着找白菜，找豆芽，喂它们。我又替它们张罗住处，最后就定住在我的床下。

童年在故乡里的时候，伏在别人的洞口上，羡慕人家的兔子，现在居然也有三只在我的床下了。对我，这简直比童话还不可信。最初，才从笼里放出来的时候，立刻就有猫挤上来。兔子仿佛很胆怯，伏在地上，不敢动。耳朵紧贴在头上，只有嘴颤动得更厉害。把猫赶走了，才慢慢地试着跑。我一转眼，大的早领着两只小的躲在花盆后面了。再一转眼，早又跑到床下面去了。有了兔子以后的第一个夜里，我躺在床上，辗转着睡不沉，听兔子在床下嚼着豆芽的声音，我仿佛浮在云堆里。已经忘记了做过些什么样的梦了。

就这样，我的床下面便凭空添了三个小生命。每当我坐在靠窗的一张桌子的旁边读书的时候，兔子便偷偷地从床下面踱出来，没有一点声音。我从书页上面屏息地看着它们。——先是大的一探头，又缩回去；再一探头，走出来了，一溜黑烟似的。紧随着的是两只小的，都白得像一团雪，眼睛红亮，像——我简直说不出像什么。像玛瑙么？比玛瑙还光莹。就用这小小的红亮的眼睛四面看着，走到从花盆里垂出的拂着地的草叶下面，嘴战栗似的颤动几下，停一停，走到书架旁边，嘴战栗似的颤动几下，停一停，走到小凳下面。嘴战栗似的颤动几下，停一停。忽然我觉得有软茸茸的东西靠上了我的脚了。我知道是小兔正伏在我的脚下。我忍耐着不敢动。不知怎地，腿忽然一抽。我再看时，一溜黑烟，两溜白烟，兔子都藏到床下面去了。伏下身子去看，在床下面暗黑的角隅里，便只看见莹透的宝石似的一对对的眼睛了。

是秋天，前面已经说过，我住的屋的窗外有一棵海棠树。以前常听人说，兔子是顶孱弱的，猫对它便是个大的威胁。在兔子没来我床下面住以前，屋里也常有猫的踪迹。门关严了的时候，这棵海棠树就成了猫来我屋里的路。自从有了兔子以后，在冷寂的秋的长夜里，我常常无所谓地蓦地醒转来。——窗外风吹着落叶，窸窣地响，我疑心是猫从海棠树上爬上了窗子。绵连的夜雨击着落叶，窸窣地响，我又疑心是猫爬上了窗子。我静静地等着，不见有猫进来。低头看时，兔子正在地上来回地跑着，在微明的灯光里，更像一溜溜的黑烟和白烟了，眼睛也更红亮得像宝石了。当我正要蒙眬睡去的时候，恍惚听到“咪”的一声，看窗子上破了一个洞的地方，正有两颗灯似的眼睛向里瞅着。

第二天早晨起来，第一件要做的事情，就是伏下头去看，兔子丢了没有。看到两个小兔两团白絮似的偎在大的身旁熟睡的时候，心里仿佛得到点安慰。过了一会儿，再回到屋里来读书的时候，又可以看到它们在脚下来回地跑了。其实并没有什么声息，屋里总仿佛充满了生气与欢腾似的。周围的空气，也软浓浓地变得甜美了。兔子也渐渐不胆怯起来。看见我也不很躲避了。第一次一个小兔很驯顺地让我抚摸的时候，我简直欢喜得流泪呢。

倘若我的记忆靠得住的话，大约总有半个秋天，就在这样的颇有诗意的情况里度过去。我还能模模糊糊地记得：兔子才在笼里装来的时候，满院子都挤满了花。我一闭眼，还能看到当时院子里飘动的那一层淡淡的绿色。兔子常从屋里跑出来，到花盆缝里去玩，金鱼缸里的子午莲还仿佛从水面上突出两朵白花来。只依稀有一点影。这记忆恐怕靠不大住了。随了这绿色，这金鱼缸，我又能看到靠近海棠树的涂上了红油绿油的窗子嵌着一方不小的玻璃，上面有雨和土的痕迹。窗纸上还粘着几条蜘蛛丝，窗子里面就是我的书桌，再往里，就是床，兔子就住在床下面……这一切都仿佛在眼前浮动。但又像烟，像雾，眼看就要幻化到空蒙里去了。

我不是说大概过了有半个秋天么？——等到院子里的花草渐渐地减少了，立刻显得很空阔。落叶却在阶下多起来，金鱼缸里早没了水。天更蓝，更长；澹远的秋有转入阴沉的冬的样儿了。就在这样一个蓝天的早晨，我又照例伏下身子，去看兔子丢了没有。——奇怪，床下面空空的，仿佛少了什么东西似的。再仔细看，只看到两个小兔凄凉地互相偎着睡。它们的母亲跑到哪里去了呢？我立刻慌了。汗流遍了全身。本来，几天以来，大兔子的胆更大了，常常自己偷跑到天井里去。这次恐怕又是自己偷跑出去了吧。但各处，屋里，屋外，都找到了，没有影，回头又看到两个小兔子偎在我的脚下，一种莫名其妙的凄凉袭进了我的心。我哭了，我是很早就离开母亲的。我时常想到她。我感到凄凉和寂寞。看来这两个小兔子也同我一样地感到凄凉和寂寞吧。我没地方倾诉，除非在梦里，小兔子又向哪里，而且又怎样倾诉呢？——我又哭了。

起初，我还有希望，我希望大兔子会自己跑回来，蓦地给我一个大的欢喜。但是一天一天地过去，我这希望终于成了泡影。我却更爱这两个小兔子了。以前我爱它们，因为它们红亮的眼睛，雪絮似的软毛。这以后的爱里，却掺入了同情。有时我还想拿我的爱抚来弥补它们失掉母亲的悲哀。但这哪是可能的呢？眼看它们渐渐消瘦了下去。在屋里跑的时候也不像以前那样轻快了。时常偎到我的脚下来。我把它们抱在怀里，也驯顺地伏着不动。当我看到它们踽踽地走开的时候，小小的心真的充满了无名的悲哀呢！

这样的情况也没能延长多久，两三天以后，我忽然发现在屋里跑着的只有一个兔子，那个同伴到哪里去了呢？我又慌了，又各处地找：墙隅，桌下，又在天井里各处找，低声唤着，落叶在脚下索索地响。终于，没有影。当我看到这剩下的一个小生命孤独地踱着的时候，再听檐边秋天特有的风声，眼泪又流下来了。——它在找它的母亲吗？找它的兄弟吗？为什么连叹息一声也不呢？宝石似的眼睛里也仿佛含着晶莹的泪珠了。夜里，在微明的灯光下，我不见它在床下沉睡；它只是不停地在屋里跑着。这冷硬的土地，这漫漫的秋的长夜，没有母亲，没有兄弟偎着，凄凉的冷梦萦绕着它。它怎能睡得下去呢？

第二天的早晨，天更蓝，蓝得有点古怪。小屋里照得通明，小兔在我眼前跑过的时候，洁白的茸毛上，仿佛有一点红，一闪，我再看，就在透明红润的耳朵旁边，发现一点血痕——只一点，衬了雪白的毛，更显得红艳，像鸡血石上的斑，像西天一点晚霞。我却真有点焦急了。我听人说，兔子只要见血，无论多少一滴，就会死去的。这剩下的一个没有母亲，没有兄弟的孤独的小生命也要死去吗？我不相信，这比神话还渺茫，然而摆在眼前的却就是那一点红艳的血痕，怎样否认呢？我把它抱了起来，它仿佛也知道有什么不幸要临到它身上，只伏在我的怀里，不动，放下，也不大跑了。就在这天的末尾，在黄昏的微光里，当我再伏下头去看床下的时候，除了一堆白菜和豆芽之外，什么也看不到了。我各处找了找，也没找到什么。我早知道有什么事情要发生。而且，我也想：这样也倒好的。不然，孤零零的一个活在这世界上，得不到一点温热，在凄凉和寂寞的袭击下，这长长的一生又怎样消磨呢？我不哭，但是眼泪却流到肚子里去了，悲哀沉重地压在心头，我想到了故乡里的母亲。

就这样，半个秋天以来，在我床下面跑出跑进的三个兔子一个都不见了。我再坐在靠窗的桌子旁读书的时候，从书页上面，什么都看不到了。从有着风和雨的痕迹的玻璃窗里望出去：海棠树早落净了叶子，只剩下秃光的枝干，撑着晴晴的秋的长空。夜里，我再听到外面，窸窸窣窣地响的时候，我又疑心是猫。我从蒙眬中醒转来，虽然有时也会在窗洞里看到两盏灯似的圆圆的眼睛。但是看床下的时候，却没有兔子来回地踱着了。眼一花，便会看到满地历乱的影子，一溜黑烟，一溜白烟，再仔细看，有什么呢？什么也没有，只有暗淡的灯照彻了冷寂的秋夜，外面又窸窣地响，是雨吧？冷栗，寂寞，混上了一点轻微空漠的悲哀，压住了我的心。一切都空虚。我能再做什么样的梦呢？

1934 年 2 月 16 日

咪咪

我现在越来越不了解自己了。我原以为自己不是多愁善感的人，内心还是比较坚强的。现在才发现，这只是一个假象，我的感情其实脆弱得很。

八年以前，我养了一只小猫，取名咪咪。她大概是一只波斯混种的猫，全身白毛，毛又长又厚，冬天胖得滚圆。额头上有一块黑黄相间的花斑，尾巴则是黄的。总之，她长得非常逗人喜爱。因为我经常给她些鱼肉之类的东西吃，她就特别喜欢我。有几年的时间，她夜里睡在我的床上。每天晚上，只要我一铺开棉被，盖上毛毯，她就急不可待地跳上床去，躺在毯子上。我躺下不久，就听到她打呼噜——我们家乡话叫“念经”——的声音。半夜里，我在梦中往往突然感到脸上一阵冰凉，是小猫用舌头来舔我了，有时候还要往我被窝儿里钻。偶尔有一夜，她没有到我床上来，我顿感空荡寂寞，半天睡不着。等我半夜醒来，脚头上沉甸甸的，用手一摸：毛茸茸的一团，心里有说不出来的甜蜜感，再次入睡，如游天宫。早晨一起床，吃过早点，坐在书桌前看书写字。这时候咪咪绝不再躺在床上，而是一定要跳上书桌，趴在台灯下面我的书上或稿纸上，有时候还要给我一个屁股，头朝里面。有时候还会摇摆尾巴，把我的书页和稿纸摇乱。过了一些时候，外面天色大亮，我就把咪咪和另外一只名叫虎子的黑色斑纹的“土猫”放出门去，到湖边和土山下的草坪上去吃点青草，就地打几个滚儿，然后跟在我身后散步。我上山，她们就上山；我走下来，她们也跟下来。猫跟人散步是极为稀见的，因此成为朗润园一景。这时候，几乎每天都碰到一位手提鸟笼遛鸟的老退休工人，我们一见面，就相对大笑一阵：“你在遛鸟，我在遛猫，我们各有所好啊！”我的一天，往往就是在这种情况下开始的。其乐融融，自不在话下。

大概在一年多以前，有一天，咪咪忽然失踪了。我们全家都有点着急。我们左等，右等，左盼，右盼，望穿了眼睛，只是不见。在深夜，在凌晨，我走了出来，瞪大了双眼，尖起了双耳，希望能在朦胧中看到一团白色，希望能在万籁俱寂中听到一点声息。然而，一切都是枉然。这样过了三天三夜，一个下午咪咪忽然回来了。雪白的毛上沾满了杂草，颜色变成了灰土土的，完全一副狼狈不堪的样子。一头闯进门，直奔猫食碗，狼吞虎咽，大嚼一通。然后跳上壁橱，藏了起来，好半天不敢露面。从此，她似乎变了脾气，拉尿不知，有时候竟在桌子上撒尿和拉屎。她原来是一只规矩温顺的小猫咪，完全不是这样子的。我们都怀疑，她之所以失踪，是被坏人捉走了的，想逃跑，受到了虐待，甚至受到捶挞，好不容易逃了回来，逃出了魔掌，生理上受到了剧烈的震动，才落了一身这样的坏毛病。

我们看了心里都很难受。一个纯洁无辜的小动物，竟被折磨成这个样子，谁能无动于衷呢？可是我又有什么办法？我是最喜爱这个小东西的，心里更好像是结上了一个大疙瘩，然而却是爱莫能助，眼睁睁地看她在桌上的稿纸上撒尿。但是，我决不打她。我一向主张，对小孩子和小动物这些弱者，动手打就是犯罪。我常说，一个人如果自认还有一点力量、一点权威的话，应当向敌人和坏人施展，不管他们多强多大。向弱者发泄，算不上英雄汉。

然而事情发展却越来越坏，咪咪任意撒尿和拉屎的频率增强了，范围扩大了。在桌上，床下，澡盆中，地毯上，书上，纸上，只要从高处往下一跳，尿水必随之而来。我以老年衰躯，匍匐在床下桌下向纵深的暗处去清扫猫屎，钻出来以后，往往喘上半天粗气。我不但毫不气馁，而且大有乐此不疲之概，心里乐滋滋的。我那年近九旬的老祖笑着说："你从来没有给女儿、儿子打扫过屎尿，也没有给孙子、孙女打扫过，现在却心甘情愿服侍这一只小猫！"我笑而不答。我不以为苦，反以为乐。这一点我自己也解释不清楚。

但是，事情发展得比以前更坏了。家人忍无可忍，主张把咪咪赶走。我觉得，让她出去野一野，也许会治好她的病，我同意了。于是在一个晚上把咪咪送出去，关在门外。我躺在床上，辗转反侧，再也睡不着。后来蒙眬睡去，做起梦来，梦到的不是别的什么，而是咪咪。第二天早晨，天还没有亮，我拿着电筒到楼外去找。我知道，她喜欢趴在对面居室的阳台上。拿手电一照，白白的一团，咪咪蜷伏在那里，见到了我咪噢叫个不停，仿佛有一肚子委屈要向我倾诉。我听了这种哀鸣，心酸泪流。如果猫能做梦的话，她梦到的必然是我。她现在大概怨我太狠心了，我只有默默承认，心里痛悔万分。我知道，咪咪的母亲刚刚死去，她自己当然完全不懂这一套，我却是懂得的。我青年丧母，留下了终天之恨。年近耄耋，一想到母亲，仍然泪流不止。现在竟把思母之情移到了咪咪身上。我心跳手颤，赶快拿来鱼饭，让咪咪饱餐一顿。但是，没有得到家人的同意，我仍然得把咪咪留在外面。而我又放心不下，经常出去看她。我住的朗润园小山重叠，林深树茂，应该说是猫的天堂。可是咪咪硬是不走，总卧在我住宅周围。我有时晚上打手电出来找她，在临湖的石头缝中往往能发现白色的东西，那是咪咪。见了我，她又咪噢直叫。她眼睛似乎有了病，老是泪汪汪的。她的泪也引起了我的泪，我们相对而泣。

我这样一个走遍天涯海角饱经沧桑的垂暮之年的老人，竟为这样一只小猫而失神落魄，对别人来说，可能难以解释，但对我自己来说，却是很容易解释的。从报纸上看到，定居台湾的老友梁实秋先生，在临终前念念不忘的是他的猫。我读了大为欣慰，引为“同志”，这也可以说是“猫坛”佳话吧。我现在再也不硬充英雄好汉了，我俯首承认我是多愁善感的。咪咪这样一只小猫就戳穿了我这一只“纸老虎”。我了解到了自己的本来面目，并不感到有什么难堪。

现在，我正在香港讲学，住在中文大学会友楼中。此地背山面海，临窗一望，海天混茫，水波不兴，青螺数点，帆影一片，风光异常美妙，园中有四时不谢之花、八节长春之草，兼又有主人盛情款待，我心中此时乐也。然而我却常有“山川信美非吾土”之感，我怀念北京燕园中我的家人，我的朋友，我的书房，我那堆满书案的稿子。我想到北国就要千里冰封、万里雪飘，“马后桃花马前雪，教人哪得不回头？”我归心似箭，决不会“回头”。特别是当我想到咪咪时，我仿佛听到她的咪噢的哀鸣，心里颤抖不停，想立刻插翅回去。小猫吃不到我亲手给她的鱼肉，也许大惑不解：“我的主人哪里去了呢？”猫们不会理解人们的悲欢离合。我庆幸她不理解，否则更会痛苦了。好在我留港时间即将结束，我不久就能够见到我的家人，我的朋友。燕园中又多了一个我，咪咪会特别高兴的，她的病也许会好了。北望云天万里，我为咪咪祝福。

1988 年 11 月 8 日写于香港中文大学会友楼

1996 年 1 月 2 日重抄于北大燕园

咪咪二世

凌晨四时，如在冬天，夜气犹浓，黑暗蔽空。我起床，打开电灯，拉开窗帘，玻璃窗外窗台上两股探照灯似的红光正对准我射过来。我知道，小猫咪咪二世已等我给她开门了。

我连忙拿起手电筒，开门，走到黑暗的楼道里，用电筒对着黑暗的门外闪上两闪。立即有一股白烟似的东西，窜到我的脚下，用浑身白而长的毛蹭我的腿，用嘴咬我的裤腿，用软软的爪子挠我的脚，使我步都迈不开。看样子真好像是多年未见了。实际上昨天晚上我才开门放她出去的。进屋以后，我给她极小一块猪肝或牛肉。她心满意足了，跳上电冰箱的顶，双眼一眯，呼噜呼噜念起经来了。

多少年来，我一日之计就是这样开始的。

咪咪就完了，为什么还要加上“二世”？原来我养过一只纯白的波斯猫。后来寿限已到，不知道寿终什么寝了。她的名字叫咪咪。她的死让我非常悲哀，我发誓要找一只同样毛长尾粗的波斯猫。皇天不负有心人，后来果然找到了。为了区别于她的前任，我仿效秦始皇的办法，命名为“二世”。是不是也蕴含着一点传之万世而无穷的意思呢？没有。咪咪和我都没有秦始皇那样的雄才大略。

不管怎样，咪咪二世已经成了我每天的不太多的喜悦的源泉。

在白天，我看书写作一疲倦，就往往到楼外小山下池塘边去散一会儿步。这时候，忽然出我意料，又有一股白烟从草丛里，从野花旁，蓦地窜了出来，用长而白的毛蹭我的腿，用嘴咬我的裤腿，用软软的爪子挠我的脚，使我步都迈不开。我努力迈步向前走，她就跟在我身后，陪我散步，山上，池边，我走到哪里，她跟到哪里。据有经验的老人说，只有狗才跟人散步，猫是绝不肯干的。可是我们的咪咪二世却敢于打破猫们的旧习，成为猫世界的“叛逆的女性”。于是，小猫跟季羡林散步，就成为燕园的一奇。可惜宣传跟不上，否则，这一奇景将同英国王宫卫队换岗一样，名扬世界了。

1993 年 12 月 13 日

喜鹊窝

我是乡下人。小时候在乡下住过几年。乡下，树多，鸟多，树上的鸟窝多。秋冬之际，树上的叶子落光，抬头就能看到高树顶上的许多鸟窝，宛如一个个的黑色蘑菇。

但是，我同许多乡下人一样，对鸟并不特别感兴趣。我感兴趣的是昆虫中的知了（我们那里读如 jie liu，也就是蝉），在水族中是虾。夏天晚上，在场院里乘凉，在大柳树下，用麦秸点上一把火。赤脚爬上树去，用力一摇晃，知了便像雨点似的纷纷落下。如果嫌热，就跳到苇坑里，在苇丛中伸手一摸，就能摸到一些个儿不小的虾，带着双夹，齐白石画的就是这一种虾。

鸟却不能带给我这样的快乐，我有时甚至还感到厌烦。麻雀整天喳喳乱叫，还偷吃庄稼。乌鸦穿一身黑色的晚礼服，名声一向不好，乡下人总把它同死亡联系起来，“哇！哇！”两声，叫得人身上起鸡皮疙瘩。只有喜鹊沾了“喜”字的光，至少不引起人们的反感。那时候，乡下人饿着肚皮，又不是诗人，哪里会有什么闲情雅兴来欣赏鸟的鸣声呢？连喜鹊“喳，喳”的叫声也不例外。我虽然只有几岁，乡下人的偏见我都具备。只有一件事现在回想起来还能聊以自慰：我从来没有爬上树去掏喜鹊的窝。

后来我到了城里，变成了城里人。初到的时候，我简直像是进入迷宫。这么多人，这么多车，这么多商店，这么多大街小巷。我吃惊得目瞪口呆。有一年，母亲在乡下去世了，我回家奔丧。小时候的大娘、大婶见了我就问：

“寻（读若 xín）了媳妇没有？”

这问题好回答。我敬谨答曰：

“寻了。”

“是一个庄上的吗？”

我一时语塞，知道乡下人没有进过城，他们不知道城里不是村庄。想解释一下，又怕三言两语说不清楚，最终还是弄一个“丈二和尚，摸不着头脑”。我一时灵机一动，采用了鲁迅先生的办法，含糊答曰：

“唔！唔！”

谁也不知道“唔，唔”是什么意思。妙就妙在谁也不知道是什么意思。乡下的大娘、大婶不是哲学家，不懂什么逻辑思维，她们不“打破砂锅问到底”。我的口试就算及了格。

这一件小事虽小，它却充分说明了乡下人和城里人的思维和情趣是多么不同。回头再谈鸟儿。城里不是鸟的天堂。除了麻雀以外，别的鸟很少见到。常言道：物以稀为贵。于是城里的鸟就“贵”起来了，城里一些人对鸟也就有了感情。如果碰巧能看到高树顶端上的鸟窝，那简直是一件稀罕事儿。小孩子会在树下面拍手欢跳。

中国古代的诗人，虽然有的出生在乡下，但是科举高中，当官一定是在城里。既然是诗人，感情定是十分细腻。这种细腻表现在方方面面，也表现在对鸟，特别是对鸟鸣的喜爱上。这样的诗句，用不着去查书，一回想就能够想到一大堆。“鸟鸣山更幽”“月出惊山鸟，时鸣春涧中”“两个黄鹂鸣翠柳，一行白鹭上青天”“荡胸生层云，决眦入归鸟”“人归山郭暗，雁下芦洲白”“微雨霭芳原，春鸠鸣何处”“空山百鸟散还合，万里浮云阴且晴。嘶酸雏雁失群夜，断绝胡儿恋母声”“川为静其波，鸟亦罢其鸣”等等，用不着再多举了。中国古代诗人对鸟和鸟鸣感情之深概可想见了。

只有陶渊明的一句诗，我觉得有点怪。“犬吠深巷中，鸡鸣桑树颠。”鸡飞上树去高声鸣叫，我确实没有见过。“鸡鸣桑树巅”，这一句话颇为突兀。难道晋朝江西的鸡真有飞到桑树顶上去高叫的脾气吗？

不管怎样，中国古代诗人对鸟及其鸣声特别敏感，已是一个彰明昭著的事实。再看一看西方文学，不能不感到其间的差别。西方诗歌中，除了云雀和夜莺外，其他的鸟及其鸣声似乎很少受诗人的垂青。这里面是否也含有很深的审美情趣的差别呢？是否也含有东西方诗人，再扩而大之是一般人之间对大自然的关系的差别呢？姑妄言之。

我绕弯子说了半天，无非是想说中国的城里人对鸟比较有感情而已。我这个由乡下人变为城里人的人，也逐渐爱起鸟来。可惜我半辈子始终是在大城市里转，在中国是如此，在德国和瑞士仍然是如此。空有爱鸟之心，爱的对象却难找到，在心灵深处难免感到惆怅。

一直到四十多年前，我四十多岁了，才从沙滩——真像是一片沙漠——搬到风光旖旎林木蓊郁的燕园里来。这里虽处城市，却似乡村，真正是鸟的天堂。我又能看到鸟了；不是一只，而是成群；不是一种，而是多种；不但看到它们飞，而且听到它们叫；不但看到它们在草地上蹦跳，而且看到它们在高树顶上搭窝。我真是顾而乐之，多年干涸的心灵似乎又注入了一股清泉。

在众多的鸟中，给我印象最深、我最喜爱的还是喜鹊。在我住的楼前，沿着湖畔，有一排高大的垂柳，在马路对面则是一排高耸入云的杨树。楼西和楼后，小山下面，有几棵高大的榆树，小山上有一棵至少有六七百年的古松。可以说我们的楼是处在绿色丛中。我原住在西门洞的二楼上，书房面西，正对着那几棵榆树。一到春天，喜鹊和其他鸟的叫声不停。喜鹊不知道是通过什么方式，大概是既无父母之命，也没有媒妁之言，自由恋爱，结成了情侣，情侣不停地在群树之间穿梭飞行，嘴里往往叼着小树枝，想到什么地方去搭窝。我天天早上最大的乐趣就是看喜鹊们箭似的飞翔，喳喳地欢叫，往往能看上、听上半天。

有一天，完全出乎我的意料，然而又合乎我的心愿，窗外大榆树上有一团黑色的东西，我豁然开朗：这是喜鹊在搭窝。我现在不用出门就能够看到喜鹊窝了，乐何如之。从此我的眼睛和耳朵完全集中到这一对喜鹊和它们的窝上，其他的鸟鸣声仿佛都不存在了。每次我看书写作疲倦了，就向窗外看一看。一看到喜鹊窝就像郑板桥看到白银那样，“心花怒放，书画皆佳”。我的灵感风起云涌，连记忆力都仿佛是变了样子，大有过目不忘之概了。

光阴流转，转瞬已是春末夏初。窝里的喜鹊小宝宝看样子已经成长起来了。每当刮风下雨，我心里就揪成一团，我很怕它们的窝经受不住风吹雨打。当我看到，不管风多么狂，雨多么骤，那一个黑蘑菇似的窝仍然固若金汤，我的心就放下了。我幻想，此时喜鹊妈妈和喜鹊爸爸正在窝里伸开了翅膀，把小宝宝遮盖得严严实实，喜鹊一家正在做着甜美的梦，梦到燕园风和日丽；梦到燕园花团锦簇；梦到小虫子和小蚱蜢自己飞到窝里来，小宝宝食用不尽；梦到湖光塔影忽然移到了大榆树下面……

这一切原本都是幻影，然而我却泪眼模糊，再也无法幻想下去了。

我从小失去了慈母，失去了母爱。一个失去了母爱的人，必然是一个心灵不完整或不正常的人。在七八十年的漫长时期中，不管是什么时候，也不管我是在什么地方，只要提到了失去母爱，失去母亲，我必然立即泪水盈眶。对人是如此，对鸟兽也是如此。中国古人常说“终天之根”，我这真正是“终天之根”了，这个恨只能等我离开人世才能消泯，这是无可怀疑的了。中国古诗说：“劝君莫打三春鸟，子在巢中待母归。”真是蔼然仁者之言，我每次暗诵，都会感到心灵震撼的。

但是，天有不测风云，鸟有旦夕祸福。正当我为这一家幸福的喜鹊感到幸福而自我陶醉的时候，祸事发生了。一天早上，我坐在书桌前，真是无巧不成书，我一抬头正看到一个小男孩赤脚爬上了那一棵榆树，伸手从喜鹊窝里把喜鹊宝宝掏了出来。掏了几只，我没有看清，不敢瞎说。总之是掏走了。只看这一个小男孩像猿猴一般，转瞬跳下树来，前后也不过几分钟，手里抓着小喜鹊，消逝得无影无踪了。

完了，完了，一切全完了。喜鹊的美梦消失了，我的美梦也消失了。我从此抑郁不乐，甚至不敢再抬头看窗外的大榆树。喜鹊妈妈和喜鹊爸爸的心情我不得而知。它们痛失爱子，至少也不会比我更好过。一连好几天，我听到窗外这一对喜鹊喳喳哀鸣，绕树千匝，无枝可依。我不忍再抬头看它们。不知什么时候，这一对喜鹊不见了。它们大概是怀着一颗破碎的心，飞到什么地方另起炉灶去了。过了一两年，大榆树上的那一个喜鹊窝，也由于没加维修，鹊去窝空，被风吹得无影无踪了。

我却还没有死心，那一棵大榆树不行了，我就寄希望于其他树木。喜鹊们选择搭窝的树，不知道是根据什么标准。根据我这个人的标准，我觉得，楼前，楼后，楼左，楼右，许多高大的树都合乎搭窝的标准。我于是就盼望起来，年年盼，月月盼，盼星星，盼月亮，盼得双眼发红光。一到春天，我出门，首先抬头往树上瞧，枝头光秃秃的，什么东西也没有。

我有时候真有点发急，甚至有点发狂，我想用眼睛看出一个喜鹊窝来。然而这一切都白搭，都徒然。

今年春天，也就是现在，我走出楼门，偶尔一抬头，我在上面讲的那一棵大榆树上，在光秃秃的枝干中间，又看到一团黑乎乎的东西。连年来我老眼昏花，对眼睛已经失去了自信力，我在惊喜之余，连忙擦了擦眼，又使劲瞪大了眼睛，我明白无误地看到了：是一个新搭成的喜鹊窝。我的高兴是任何语言文字都无法形容的。然而福不单至。过了不久，临湖的一棵高大的垂柳顶上，一对喜鹊又在忙忙碌碌地飞上飞下，嘴里叼着小树枝，正在搭一个窝。这一次的惊喜又远远超过了上一回。难道我今生的华盖运真已经交过了吗？

当年爬树掏喜鹊窝的那一个小男孩，现在早已长成大人了吧。他或许已经留了洋，或者下了海，或者成了“大款”。此事他也许早已忘记了。我潜心默祷，希望不要再出这样一个孩子，希望这两个喜鹊窝能够存在下去，希望在燕园里千百棵大树上都能有这样黑蘑菇似的喜鹊窝，希望在这里，在全中国，在全世界，人与鸟都能和睦融洽像一家人一样生活下去，希望人与鸟共同造成一个和谐的宇宙。

1994 年 2 月 25 日

晨趣

一抬头，眼前一片金光：朝阳正跳跃在书架顶上玻璃盒内日本玩偶藤娘身上，一身和服，花团锦簇，手里拿着淡紫色的藤萝花，都熠熠发光，而且闪烁不定。

我开始工作的时候，窗外暗夜正在向前走动。不知怎样一来，暗夜已逝，旭日东升。这阳光是从哪里流进来的呢？窗外一棵高大的梧桐树，枝叶繁茂，仿佛张开了一张绿色的网。再远一点，在湖边上是成排的垂柳。所有这一些都不利于阳光的穿透。然而阳光确实流进来了，就流在藤娘身上……

然而，一转瞬间，阳光忽然又不见了，藤娘身上，一片阴影。窗外，在梧桐和垂柳的缝隙里，是一块块蓝色的天空。成群的鸽子正盘旋飞翔在这样的天空里，黑影在蔚蓝上面画上了弧线。鸽影落在湖中，清晰可见，好像比天空里的更富有神韵，宛如镜花水月。

朝阳越升越高，透过浓密的枝叶，一直照到我的头上。我心中一动，阳光好像有了生命，它启迪着什么，它暗示着什么。我忽然想到印度大诗人泰戈尔，每天早上对着初升的太阳，静坐沉思，幻想与天地同体，与宇宙合一。我从来没达到这样的境界，我没有这一份福气。可是我也感到太阳的威力，心中思绪腾翻，仿佛也能洞察三界，透视万有了。

现在我正处在每天工作的第二阶段的开头上。紧张地工作了一个阶段以后，我现在想缓松一下，心里有了余裕，能够抬一抬头，向四周，特别是窗外观察一下。窗外风光如旧，但是四季不同：春花，秋月，夏雨，冬雪，情趣各异，动人则一。现在正是夏季，浓绿扑人眉宇，鸽影在天，湖光如镜。多少年来，当然都是这个样子。为什么过去我竟视而不见呢？今天，藤娘身上一点闪光，仿佛照透了我的心，让我抬起头来，以崭新的眼光，来衡量一切，眼前的东西既熟悉，又陌生，我仿佛搬到了一个新的地方，把我好奇的童心一下子都引逗起来了。我注视着藤娘，我的心却飞越茫茫大海，飞到了日本，怀念起赠送给我藤娘的室伏千津子夫人和室伏佑厚先生一家来。真挚的友情温暖着我的心……

窗外太阳升得更高了。梧桐树椭圆的叶子和垂柳的尖长的叶子，交织在一起，椭圆与细长相映成趣。最上一层阳光照在上面，一片嫩黄；下一层则处在背阴处，一片黑绿。远处的塔影，屹立不动。天空里的鸽影仍然在划着或长或短、或远或近的弧线。再把眼光收回来，则看到里面窗台上摆着的几盆君子兰，深绿肥大的叶子，给我心中增添了绿色的力量。

多么可爱的清晨，多么宁静的清晨！

此时我怡然自得，其乐陶陶。我真觉得，人生毕竟是非常可爱的，大地毕竟是非常可爱的。我有点不知老之已至了。我这个从来不写诗的人心中似乎也有了一点诗意。

此身合是诗人未？
鸽影湖光入目明。

我好像真正成为一个诗人了。

1988年10月13日晨

清塘荷韵

楼前有清塘数亩。记得三十多年前初搬来时，池塘里好像是有荷花的，我的记忆里还残留着一些绿叶红花的碎影。后来时移事迁，岁月流逝，池塘里却变得“半亩方塘一鉴开，天光云影共徘徊”，再也不见什么荷花了。

我脑袋里保留的旧的思想意识颇多，每一次望到空荡荡的池塘，总觉得好像缺点什么。这不符合我的审美观念。有池塘就应当有点绿的东西，哪怕是芦苇呢，也比什么都没有强。最好的最理想的当然是荷花。中国旧的诗文中，描写荷花的简直是太多太多了。周敦颐的《爱莲说》，读书人不知道的恐怕是绝无仅有的。他那一句有名的“香远益清”是脍炙人口的。几乎可以说，中国没有人不爱荷花的。可我们楼前池塘中独独缺少荷花。每次看到或想到，总觉得是一块心病。

有人从湖北来，带来了洪湖的几颗莲子，外壳呈黑色，极硬。据说，如果埋在淤泥中，能够千年不烂。因此，我用铁锤在莲子上砸开了一条缝，让莲芽能够破壳而出，不致永远埋在泥中。这都是一些主观的愿望，莲芽能不能长出，都是极大的未知数。反正我总算是尽了人事，把五六颗敲破的莲子投入池塘中，下面就是听天由命了。

这样一来，我每天就多了一件工作：到池塘边上去看上几次。心里总是希望，忽然有一天，“小荷才露尖尖角”，有翠绿的莲叶长出水面。可是，事与愿违，投下去的第一年，一直到秋凉叶落，水面上也没有出现什么东西。经过了寂寞的冬天，到了第二年，春水盈塘，绿柳垂丝，一片旖旎的风光。可是，我翘盼的水面上却仍然没有露出什么荷叶。此时我已经完全灰了心，以为那几颗从湖北带来的硬壳莲子，由于无法解释的原因，大概不会再有长出荷花的希望了。我的目光无法把荷叶从淤泥中吸出。

但是，到了第三年，却忽然出了奇迹。有一天，我忽然发现，在我投莲子的地方长出了几个圆圆的绿叶，虽然颜色极惹人喜爱，但是却细弱单薄，可怜兮兮地平卧在水面上，像水浮莲的叶子一样。而且最初只长出了五六个叶片。我总嫌这有点太少，总希望多长出几片来。于是，我盼星星，盼月亮，天天到池塘边上去观望。有校外的农民来捞水草，我总请求他们手下留情，不要碰断叶片。但是经过了漫漫的长夏，凄清的秋天又降临人间，池塘里浮动的仍然只是孤零零的那五六个叶片。对我来说，这又是一个虽微有希望但究竟仍是令人灰心的一年。

真正的奇迹出现在第四年上。严冬一过，池塘里又溢满了春水。到了一般荷花长叶的时候，在前一年漂浮着五六个叶片的地方，一夜之间，突然长出了一大片绿叶，而且看来荷花在严冬的冰下并没有停止行动，因为在离原有五六个叶片的那块基地比较远的池塘中心，也长出了叶片。叶片扩张的速度，扩张的范围，都是惊人地快。几天之内，池塘内不小一部分，已经全为绿叶所覆盖。而且原来平卧在水面上的像是水浮莲一样的叶片，不知道是从哪里聚集来了力量，有一些竟然跃出了水面，长成了亭亭的荷叶。原来我心中还迟迟疑疑，怕池中长的是水浮莲，而不

是真正的荷花。这样一来，我心中的疑云一扫而光：池塘中生长的真正是洪湖莲花的子孙了。我心中狂喜，这几年总算是没有白等。

天地萌生万物，对包括人在内的动植物等有生命的东西，总是赋予一种极其惊人的求生存的力量和极其惊人的扩展蔓延的力量，这种力量大到无法抗御。只要你肯费力来观摩一下，就必然会承认这一点。现在摆在我面前的就是我楼前池塘里的荷花。自从几个勇敢的叶片跃出水面以后，许多叶片接踵而至。一夜之间，就出来了几十枝，而且迅速地扩散、蔓延。不到十几天的工夫，荷叶已经蔓延得遮蔽了半个池塘。从我撒种的地方出发，向东西南北四面扩展。我无法知道，荷花是怎样在深水中淤泥里走动。反正从露出水面的荷叶来看，每天至少要走半尺的距离，才能形成眼前这个局面。

光长荷叶，当然是不能满足的。荷花接踵而至，而且据了解荷花的行家说，我门前池塘里的荷花，同燕园其他池塘里的都不一样。其他地方的荷花，颜色浅红；而我这里的荷花，不但红色浓，而且花瓣多，每一朵花能开出十六个复瓣，看上去当然就与众不同了。这些红艳耀目的荷花，高高地凌驾于莲叶之上，迎风弄姿，似乎在睥睨一切。幼时读旧诗："毕竟西湖六月中，风光不与四时同。接天莲叶无穷碧，映日荷花别样红。"爱其诗句之美，深恨没有能亲自到杭州西湖去欣赏一番。现在我门前池塘中呈现的就是那一派西湖景象。是我把西湖从杭州搬到燕园里来了。岂不大快人意也哉！ 前几年才搬到朗润园来的周一良先生赐名为"季荷"。我觉得很有趣，又非常感激。难道我这个人将以荷而传吗？

前年和去年，每当夏月塘荷盛开时，我每天至少有几次徘徊在塘边，坐在石头上，静静地吸吮荷花和荷叶的清香。"蝉噪林逾静，鸟鸣山更幽。"我确实觉得四周静得很。我在一片寂静中，默默地坐在那里，水面上看到的是荷花的绿肥、红肥。倒影映入水中，风乍起，一片莲瓣堕入水中，它从上面向下落，水中的倒影却是从下边向上落，最后一接触到水面，两者合为一，像小船似的漂在那里。我曾在某一本诗话上读到两句诗：“池花对影落，沙鸟带声飞。”作者深惜第二句对仗不工。这也难怪，像“池花对影落”这样的境界究竟有几个人能参悟透呢？

晚上，我们一家人也常常坐在塘边的石头上纳凉。有一夜，天空中的月亮又明又亮，把一片银光洒在荷花上。我忽听扑通一声。是我的小白波斯猫毛毛扑入水中，它大概是认为水中有白玉盘，想扑上去抓住。它一入水，大概就觉得不对头，连忙矫捷地回到岸上，把月亮的倒影打得支离破碎，好久才恢复了原形。

今年夏天，天气异常闷热，而荷花则开得特欢。绿盖擎天，红花映日，把一个不算小的池塘塞得满而又满，几乎连水面都看不到了。一个喜爱荷花的邻居，天天兴致勃勃地数荷花的朵数。今天告诉我，有四五百朵；明天又告诉我，有六七百朵。但是，我虽然知道他为人细致，却不相信他真能数出确实的朵数。在荷叶底下，石头缝里，旮旮旯旯，不知还隐藏着多少蓇葖儿，都是在岸边难以看到的。粗略估计，今年开了将近一千朵。真可以算是洋洋大观了。

连日来，天气突然变寒，好像是一下子从夏天转入秋天。池塘里的荷叶虽然仍然是绿油一片，但是看来变成残荷之日也不会太远了。再过一两个月，池水一结冰，连残荷也将消逝得无影无踪。那时荷花大概会在冰下冬眠，做着春天的梦。它们的梦一定能够圆的。“既然冬天到了，春天还会远吗？”

我为我的“季荷”祝福。

1997 年 9 月 16 日中秋节

芝兰之室

我喜欢绿色的东西，我觉得，绿色是生命的颜色，即使是在冬天，我在屋里总要摆上几盆花草，如君子兰之类。旧历元日前后，我一定要设法弄到几盆水仙，眼睛里看到的是翠绿的叶子，鼻子里闻到的是氤氲的幽香，我顾而乐之，心旷神怡。

今年当然不会是例外。友人送给我几盆水仙，摆在窗台上。下面是一张极大的书桌，把我同窗台隔开。大概是由于距离远了一点，我只见绿叶，不闻花香，颇以为憾。

今天早晨，我一走进书房，蓦地一阵浓烈的香气自透鼻官。我愕然一愣，一刹那间，我意识到，这是从水仙花那里流过来的。我坐下，照例爬我的格子。我在潜意识里感到，既然刚才能闻到花香，这就证明，花香是客观存在着的，而且还不会是瞬间的而是长时间的存在。可是，事实上，在那愕然一愣之后，水仙花香神秘地消逝了，我的鼻子再也闻不到什么了。

这是什么原因呢？

我又陷入了想入非非中。

中国古代《孔子家语》中就有几句话：“与善人居，如入芝兰之室，久而不闻其香，即与之化矣。”我在这里关心的不是“化”与“不化”的问题，而是“久而不闻其香”。刚才水仙花给我的感受，就正是“久而不闻其香”。可见这样的感受，古人早已经有了。

我常幻想，造化小儿喜欢要点“小”——也许是“大”——聪明，给人们开点小玩笑。他（它，她？）给你以本能，让你舌头知味，鼻子知香。但是，又不让你长久地享受，只给你一瞬间，然后复归于平淡，甚至消逝。比如那一位“老佛爷”慈禧，在宫中时，瞅见燕窝、鱼翅、猴头、熊掌，一定是大皱其眉头。然而，八国的“老外”来到北京，她仓皇西逃，路上吃到棒子面的窝头，味道简直赛过龙肝凤髓，认为是从未尝过的美味。她回到北京宫中以后，想再吃这样的窝头，可普天之下再也找不到了。

造化小儿就是使用这样的手法，来实施一种平衡的策略，使美味佳肴与粗茶淡饭，使帝后显宦与平头老百姓，等等，等等，都成为相对的东西，都受时间与地点的约束。否则，如果美味对一个人来说永远美，那么帝后显宦们的美食享受不是太长了吗？在芸芸众生中间不是太不平衡了吗？

对鼻官来说，水仙花还有芝兰的香气也只能作如是观：一瞬间，你获得了令人吃惊的美感享受；又一瞬间，香气虽然仍是客观存在，你的鼻子却再也闻不到了。

造化小儿玩的就是这一套把戏。

1998 年 2 月 1 日

从南极带来的植物

小友兼老友唐老鸭（师曾）自南极归来。在北大为我举行九十岁华诞庆祝会的那一天，他来到了北大，身份是记者。全身披挂，什么照相机、录像机，这机，那机，我叫不出名堂来的一些机，看上去至少有几十斤重，活灵活现地重现海湾战争孤身采访时的雄风。一见了我，在忙着拍摄之余，从裤兜里掏出来一个信封，里面装着什么东西，郑重地递了给我。信封上写着几行字：

祝季老寿比南山

南极长城站的植物，每100年长一毫米，此植物已有6000岁。

唐老鸭敬上

这几行字真让我大吃一惊，手里的分量立刻重了起来。打开信封，里面装着一株长在仿佛是一块铁上面的“小草”。当时祝寿会正要开始，大厅里挤满了几百人，熙来攘往，拥拥挤挤，我没有时间和心情去仔细观察这一株小草。

夜里回到家里，时间已晚，没有时间和精力把这一株“仙草”拿出来仔细玩赏。第二天早晨才拿了出来。初看之下，觉得没有什么稀奇之处，这不就是一棵平常的“草”嘛，同我们这里遍地长满了的野草从外表上来看差别并不大。但是，当我擦了擦昏花的老眼再仔细看时，它却不像是一株野草，而像是一棵树，具体而微的树，有干有枝。枝子上长着一些黑色的圆果。我眼睛一花，原来以为是小草的东西，蓦地变成了参天大树，树上搭满鸟巢。树扎根的石块或铁块一下子变成了一座大山，巍峨雄奇。但是，当我用手一摸时，植物似乎又变成了矿物，是柔软的能屈能折的矿物。试想这一棵什么物从南极到中国，飞越千山万水，而一枝叶条也没有断，至今在我的手中也是一丝不断，这不是矿物又是什么呢？

我面对这一棵什么物，脑海里疑团丛生。

是草吗？不是。

是树吗？也不是。

是植物吗？不像。

是矿物吗？也不像。

它究竟是什么东西呢？我说不清楚。我只能认为它是从南极万古冰原中带来的一个奇迹。既然唐老鸭称之为植物，我们就算它是植物吧。我也想创造两个新名词：像植物一般的矿物，或者像矿物一般的植物。英国人有一个常用的短语：at one’s wits’ end，“到了一个人智慧的尽头”。我现在真走到了我的智慧的尽头了。

在这样智穷力尽的情况下，我面对这一个从南极来的奇迹，不禁浮想联翩。首先是它那六千年的寿命。在天文学上，在考古学上，在人类生活中，六千是一个很小的数目，没有什么值得大惊小怪的地方。但是，在人类有了文化以后的历史上，在国家出现的历史上，它却是一个很大的数目。中国满打满算也不过说有五千年的历史。连那一位玄之又玄的老祖宗黄帝，据一般词典的记载，也不过说他约生在公元前26世纪，距今还不满五千年。连世界上产生比较早的国家，比如埃及和印度，除了神话传说以外，也达不到六千年。我想，我们可以说，在这一株“植物”开始长的时候，人类还没有国家。说是“宇宙洪荒”，也许是太过了一点。但是，人类的国家，同它比较起来，说是瞠乎后矣，大概是可以的。

想到这一切，我面对这一株不起眼儿的“植物”，难道还能不惊诧得瞠目结舌吗?

再想到人类的寿龄和中国朝代的长短，更使我的心进一步地震动不已。古人诗说：“人生不满百，常怀千岁忧。”在过去，人们总是互相祝愿“长命百岁”。对人生来说，百岁是长极长极了的。然而南极这一株“植物”在一百年内只长一毫米。中国历史上最长的朝代是周代，约有八百年之久。在这八百年中，人间发生了多么大的变动呀。春秋和战国都包括在这个期间。百家争鸣，何等热闹。云谲波诡，何等奇妙。然而，南极这一株“植物”却在万古冰原中，沉默着，忍耐着，只长了约八毫米。周代以后，秦始皇登场，修筑了令全世界惊奇的长城。接着登场的是赫赫有名的汉祖、唐宗等等一批人物，半生征战，铁马金戈，杀人盈野，血流成河。一直到了清代末叶，帝制取消，军阀混战，最终是建成了中华人民共和国。两千多年的历史，千头万绪的史实，五彩缤纷，错综复杂，头绪无数，气象万千，现在大学里讲起中国通史，至少要讲上一学年，还只能讲一个轮廓。倘若细讲起来，还需要断代史，以及文学、哲学、经济、艺术、宗教、民族等等的历史。至于历史人物，则有的成龙，有的成蛇，有的流芳千古，有的遗臭万年，成了人们茶余酒后谈古论今的对象。在这两千多年的漫长悠久的岁月中，赤县神州的花花世界里演出了多少幕悲剧、喜剧、闹剧；然而，这一株南极的“植物”却沉默着、忍耐着只长了两厘米多一点。多么艰难的成长呀！

想到这一切，我面对这一株不起眼儿的“植物”难道还能不惊诧得瞠目结舌吗？

我们的汉语中有“目击者”一个词儿，意思是“亲眼看到的人”。我现在想杜撰一个新名词儿“准目击者”，意思是“有可能亲眼看到的人或物”。“物”分动、植两种，动物一般是有眼睛的，有眼就能看到。但是，植物并没有眼睛，怎么还能“击”（看到）呢？我在这里只是用了一个诗意的说法，请大家千万不要“胶柱鼓瑟”地或者“刻舟求剑”地去推敲，就说是植物也能看见吧。孔子是中国的圣人，是万世师表，万人景仰。到了今天，除了他那峨冠博带的画像之外，人类或任何动物绝不会有孔子的目击者。植物呢，我想，连四川青城山上的那一株老寿星银杏树，或者陕西黄帝陵上那一些十几个人合抱不过来的古柏，也不会是孔子的目击者。然而，我们这一株南极的“植物”却是有这个资格的，孔子诞生的时候它已经有三千多岁了。对它来说，孔子是后辈又后辈了。如果它当时能来到中国，“目击”孔子不是轻而易举的事情吗？

我不是生物学家，没有能力了解，这一株“植物”究竟是什么东西，我也没有向唐老鸭问清楚：在南极有多少像这样的“植物”？如果有多种的话，它们是不是都是六千岁？如果不是的话，它们中最老的有几千岁？这样的“植物”还会不会再长？这样一系列的问题萦绕在我脑海中。我感兴趣的问题是，我眼前的这一株“植物”，身高六厘米，寿高六千岁。如果它或它那些留在南极的伙伴还继续长的话，再过六千年，也不过高一分米二厘米，仍然是一株不起眼儿的可怜兮兮的“植物”，难登大雅之堂。然而，今后的六千年却大大地不同于过去的六千年了。就拿过去一百年来看吧，科技发展，日新月异，过去连想都不敢想的事情，现在做到了；过去认为是幻想的东西，现在是现实了。人类在太空可以任意飞行，连嫦娥的家也登门拜访到了。到了今天，更是分新秒异，谁也不敢说，新的科技将会把我们带向何方。一百年尚且如此，谁还敢想象六千年呢？到了那时候人类是否已经异化为非人类，至少是同现在的人类迥然不同的人类，谁又敢说呢？

想到这一切，念天地之悠悠，后不见来者，我面对这一株不起眼儿的“植物”，我只能惊诧得瞠目结舌了。

2001 年 7 月 2 日

书中得自在

人生在世一百年，天天有些
小麻烦，最好办法是不理，
只等秋风过耳边。

我的书斋

最近身体不太好，内外夹攻，头绪纷繁，我这已届耄耋之年的神经有点儿吃不消了。于是下定决心，暂且封笔。乔福山同志打来电话，约我写点什么。我遵照自己的决心，婉转拒绝。但一听这题目是《我的书斋》，于我心有戚戚焉，立即精神振奋，暂停决心，拿起笔来。

我确实有个书斋，我十分喜爱我的书斋。这个书斋是相当大的，大小房间，加上过厅、厨房，还有封了顶的阳台，大大小小，共有八个单元；册数从来没有统计过，总有几万册吧。在北大教授中，“藏书状元”我恐怕是当之无愧的；而且在梵文和西文书籍中，有一些堪称海内孤本。我从来不以藏书家自命，然而坐拥如此大的书城，心里能不沾沾自喜吗？

我的藏书都像是我的朋友，而且是密友。我虽然对它们并不是每一本都认识，它们中的每一本却都认识我。我每一走进我的书斋，书籍们立即活跃起来，我仿佛能听到它们向我问好的声音，我仿佛看到它们向我招手的情景。倘若有人问我，书籍的嘴在什么地方？而手又在什么地方呢？我只能说：“你的根器太浅，努力修持吧。有朝一日，你会明白的。”

我兀坐在书城中，忘记了尘世的一切不愉快的事情，怡然自得。以世界之广，宇宙之大，此时却仿佛只有我和我的书友存在。窗外粼粼碧水，丝丝垂柳，阳光照在玉兰花的肥大的绿叶子上，这都是我平常最喜爱的东西，现在也都视而不见了；连平常我喜欢听的鸟鸣声“光棍儿好”，也听而不闻了。

我的书友每一本都蕴含着无量的智慧。我只读过其中的一小部分，这智慧我是能深深体会到的。没有读过的那一些，好像也不甘落后，它们不知道是施展了一种什么神秘的力量，把自己的智慧放了出来，像波浪似的涌向我来。可惜我还没有修炼到能有“天眼通”和“天耳通”的水平，我还无法接受这些智慧之流。如果能接受的话，我将成为世界上古往今来最聪明的人。我自己也去努力修持吧。

我的书友有时候也让我窘态毕露。我并不是一个不爱清洁和秩序的人；但是，因为事情头绪太多，脑袋里考虑的学术问题和写作问题也不少，而且每天都收到大量寄来的书籍和报纸杂志以及信件，转瞬之间就摞成一摞。

在这样的情况下，如果我需要一本书，往往是遍寻不得。“只在此屋中，书深不知处”，急得满头大汗，也是枉然。只好到图书馆去借，等我把文章写好，把书送还图书馆后，无意之间，在一摞书中，竟找到了我原来要找的书，“得来全不费工夫”，然而晚了，工夫早已费过了。我啼笑皆非，无可奈何。等到用另一本书时，再重演一次这出喜剧。我知道，我要寻找的书友，看到我急得那般模样，会大声给我打招呼的；但是喊破了嗓子，也无济于事。我还没有修持到能听懂书的语言的水平。我还要加倍努力去修持。我有信心，将来一定能获得真正的“天眼通”和“天耳通”，只要我想要哪一本书，那一本书就会自己报出所在之处，我一伸手，便可拿到，如探囊取物。这样一来，文思就会像泉水般地喷涌，我的笔变成了生花妙笔，写出来的文章会成为天下之至文。到了那时，我的书斋里会充满了没有声音的声音，布满了没有形象的形象。我同我的书友们能够自由地互通思想，交流感情。我的书斋会成为宇宙间第一神奇的书斋，岂不猗欤休哉！

我盼望有这样一个书斋。

1993 年 6 月 22 日

藏书与读书

有一个平凡的真理，直到耄耋之年，我才顿悟：中国是世界上最喜藏书和读书的国家。

什么叫书？我没有能力，也不愿意去下定义。我们姑且从孔老夫子谈起吧。他老人家读《易》，至于韦编三绝，可见用力之勤。当时还没有纸，文章是用漆写在竹简上面的，竹简用皮条拴起来，就成了书。翻起来很不方便，读起来也有困难。我国古时有一句话，叫作“学富五车”，说一个人肚子里有五车书，可见学问之大。这指的是用纸做成的书，如果是竹简，则五车也装不了多少部书。

后来发明了纸。这一来写书方便多了；但是还没有发明印刷术，藏书和读书都要用手抄，这当然也不容易。如果一个人抄的话，一辈子也抄不了多少书。可是这丝毫也阻挡不住藏书和读书者的热情。我们古籍中不知有多少藏书和读书的故事，也可以叫作佳话。我们浩如烟海的古籍，以及古籍中所寄托的文化之所以能够流传下来，历千年而不衰，我们不能不感谢这些爱藏书和读书的先民。

后来我们又发明了印刷术。有了纸，又能印刷，书籍流传方便多了。从这时起，古籍中关于藏书和读书的佳话，更多了起来。宋版、元版、明版的书籍被视为珍品。历代都有一些藏书家，什么绛云楼、天一阁、铁琴铜剑楼、海源阁等等，说也说不完。有的已经消失，有的至今仍在，为我们新社会的建设服务。我们不能不感激这些藏书的祖先。

至于专门读书的人，历代记载更多。也还有一些关于读书的佳话，什么囊萤映雪之类。有人做过试验，无论萤和雪都不能亮到让人能读书的程度，然而在这一则佳话中所蕴含的鼓励人们读书的热情则是大家都能感觉到的。还有一些鼓励人读书的话和描绘读书乐趣的诗句。“书中自有颜如玉”之类的话，是大家都熟悉的，说这种话的人的“活思想”是非常不高明的，不会得到大多数人的赞赏。至于“四时读书乐”一类的诗，也是大家所熟悉的。可惜我童而习之，至今老朽昏聩，只记住了一句“绿满窗前草不除”，这样的读书情趣也是颇能令人向往的。此外如“红袖添香夜读书”之类的读书情趣，代表另一种趣味。据鲁迅先生说，连大学问家刘半农也向往，可见确有动人之处了。“雪夜闭门读禁书”代表的情趣又自不同，又是“雪夜”，又是“闭门”，又是“禁书”，不是也颇有人向往吗？

这样藏书和读书的风气，其他国家不能说一点没有；但是据浅见所及，实在是远远不能同我国相比。因此我才悟出了“中国是世界上最爱藏书和读书的国家”这一条简明而意义深远的真理。中国古代光辉灿烂的文化有极大一部分是通过书籍流传下来的。到了今天，我们全体炎黄子孙如何对待这个问题，实际上是每个人都回避不掉的。我们必须认真继承这个在世界上比较突出的优秀传统，要读书，读好书。只有这样，我们才能上无愧于先民，下造福于子孙万代。

1991年7月5日

开卷有益

这是一句老生常谈。如果要追溯起源的话，那就要追到一位皇帝身上。宋代王辟之《渑水燕谈录》卷六：

> （宋）太宗日阅《（太平）御览》三卷，因事有阙，暇日追补之。尝曰：
>
> “开卷有益，朕不以为劳也。”

这一段话说不定也是“颂圣”之辞，不尽可信。然而我宁愿信其有，因为它真说到点子上了。

鲁迅先生有时候说：“随便翻翻。”我看意思也一样。他之所以能博闻强记，博古通今，与“随便翻翻”是有密切联系的。

“卷”指的是书，“随便翻翻”也指的是书。书为什么能有这样大的威力呢？自从人类创造了语言，发明了文字，抄成或印成了书，书就成了传承文化的重要载体。人类要生存下去，文化就必须传承下去，因而书也就必须读下去。特别是在当今信息爆炸的时代中，我们必须及时得到信息。只有这样，人才能潇洒地生活下去，否则，将适得其反。信息怎样得到呢？看能得到信息，听也能得到信息，而读书仍然是重要的信息源，所以非读书不可。

什么人需要读书呢？在将来人类共同进入大同之域时，人人都一定要而且肯读书的，以此为乐，而不以此为苦。在眼前，我们还做不到这一步。如今有个别的“大款”，也同刘邦和项羽一样，是不读书的。不读书照样能够发大财。然而，我认为，这只是暂时的现象，相信不久就会改变。传承文化不能寄希望于这些人身上，而只能寄托在已毕业或尚未毕业的大学生身上。他们是我们的希望，他们代表着我们的未来。大学生们肩上的担子重啊！他们是任重而道远。为了人类的继续生存，为了前对得起祖先、后对得起子孙，大学生们（当然还有其他一些人）必须读书。这已是天经地义，无须争辩的。

根据我同北京大学学生的接触和我对他们的观察，绝大多数的学生还是肯读书的。他们有的说，自己感到迷惘，不知所从。他们成立了一些社团，共同探讨问题，研究人生，对人生的意义与价值感兴趣。他们甚至想探究宇宙的奥秘。他们是肯思索的一代人，是可以信赖的极为可爱的一代年轻人。同他们在一起，我这个望九之年的老人也仿佛返老还童，心里溢满了青春活力。说这些青年不肯读书，是不符合实际情况的。

读什么样的书呢？自己专业的书当然要读，这不在话下。自己专业以外的书也应该“随便翻翻”。知识面越广越好，得到的信息越多越好，否则很容易变成鼠目寸光的人。鼠目寸光不但不利于自己专业的探讨，也不利于生存竞争，不利于自己的发展，最终为大时代所抛弃。

因此，我奉献给今天的大学生们一句话：开卷有益。

1994 年 4 月 5 日

我和外国文学

要想谈我和外国文学，简直像“一部十七史，不知从何处谈起”。

我从小学时期起开始学习英文，年龄大概只有十岁吧。当时我还不大懂什么是文学，只朦朦胧胧地觉得外国文很好玩而已。记得当时学英文是课余的，时间是在晚上。现在留在我的记忆里的只是在夜课后，在黑暗中，走过一片种满了芍药花的花畦，紫色的芍药花同绿色的叶子化成了一个颜色，清香似乎扑入鼻官。从那以后，在几十年的漫长的岁月中，学习英文总同美丽的芍药花联在一起，成为美丽的回忆。

到了初中，英文继续学习。学校环境异常优美，紧靠大明湖，一条清溪流经校舍。到了夏天，杨柳参天，蝉声满园。后面又是百亩苇绿，十里荷香，简直是人间仙境。我们的英文教员水平很高，我们写的作文，他很少改动，而是一笔勾销，自己重写一遍。用力之勤，可以想见。从那以后，我学习英文又同美丽的校园和一位古怪的老师连在一起，也算是美丽的回忆吧。

到了高中，自己已经十五六岁了，仍然继续学英文，又开始学了点德文。到了此时，我才开始对外国文学发生兴趣。但是这个启发不是来自英文教员，而是来自国文教员。高中前两年，我上的是山东大学附设高中。国文教员王崑玉先生是桐城派古文作家，自己有文集。后来到山东大学做了讲师。我们学生写作文，当然都用文言文，而且尽量模仿桐城派的调子。不知怎么一来，我的作文竟受到他的垂青。什么“亦简劲，亦畅达”之类的评语常常见到，这对于我是极大的鼓励。高中最后一年，我上的是山东济南省立高中。经过了五卅惨案，学校地址变了，空气也变了，国文老师换成了董秋芳（冬芬）、夏莱蒂、胡也频等等，都是有名的作家。胡也频先生只教了几个月，就被国民党通缉，逃到上海，不久就壮烈牺牲。以后是董秋芳先生教我们。他是北大英文系毕业，曾翻译过一本短篇小说集《争自由的波浪》，鲁迅写了序言。他同鲁迅通过信，通信全文都收在《鲁迅全集》中。他虽然教国文，却是外国文学出身，在教学中自然会讲到外国文学的。我此时写作文都改用白话，不知怎么一来，我的作文又受到董老师的垂青。他对我大加赞誉，在一次作文的评语中，他写道，我同另一个同级王峻岭（后来入北大数学系）是全班、全校之冠。这对一个十七八岁的青年来说，更是极大的鼓励。从那以后，虽然我思想还有过波动，也只能算是小插曲。我学习文学，其中当然也有外国文学的决心，就算是确定下来了。

在这时期，我曾从日本东京丸善书店订购过几本外国文学的书。其中一本是英国作者吉卜林的短篇小说。我曾着手翻译过其中的一篇，似乎没有译完。当时一本洋书值几块大洋，够我一个月的饭钱。我节衣缩食，存下几块钱，写信到日本去订书，书到了，又要跋涉几十里路到商埠去“代金引换”。看到新书，有如贾宝玉得到通灵宝玉，心中的愉快，无法形容。总之，我的兴趣已经确定，这也就确定了我以后学习和研究的方向。

考上清华以后，在选择系科的时候，不知是由于什么原因，我曾经一阵心血来潮，想改学数学或者经济。要知道我高中读的是文科，几乎没有学过数学。入学考试数学分数不到十分。这样的成绩想学数学岂非滑天下之大稽！愿望当然落空。一度冲动之后，我的心情立即平静下来：还是老老实实，安分守己，学外国文学吧。

清华大学西洋文学系，实际上是以英国文学为主，教授，不管是哪一国人，都用英语讲授。但是又有一个古怪的规定：学习英、德、法三种语言中任何一种，从一年级学到四年级，就叫什么语的专门化。德文和法文从字母学起，而大一的英文一上来就念 J. 奥斯汀的《傲慢与偏见》，可见英文的专门化同法文和德文的专门化，完全是不可同日而语的。四年的课程有文艺复兴文学、中世纪文学、现代长篇小说、莎士比亚、欧洲文学史、中西诗之比较、英国浪漫诗人、中古英文、文学批评等等。教大一英文的是叶公超，后来当了国民党的外交部长。教大二的是毕莲（Miss Bille），教现代长篇小说的是吴可读（英国人），教中西诗之比较的是吴宓，教中世纪文学的是吴可读，教文艺复兴文学的是温特（Winter），教欧洲文学史的是翟孟生（Jameson），教法文的是 Holland 小姐，教德文的是杨丙辰、艾克（Ecke）、石坦安（Von den Steinen）。这些外国教授的水平都不怎么样，看来都不是正途出身，有点野狐谈禅的味道。费了四年的时间，收获甚微。我还选了一些其他的课，像朱光潜的文艺心理学，陈寅恪的佛经翻译文学，朱自清的陶渊明诗等等，也曾旁听过郑振铎和谢冰心的课。这些课程水平都高，至今让我忆念难忘的还是这一些课程，而不是上面提到的那一些“正课”。

从上面的选课中可以看出，我在清华大学四年，兴趣是相当广的，语言、文学、历史、宗教几乎都涉及了。我是德文专门化的学生，从大一德文，一直念到大四德文，最后写论文还是用英文，题目是 *The Early Poems of Hölderlin*，指导教师是艾克。内容已经记不清楚，大概水平是不高的。在这期间，除了写作散文以外，我还翻译了德莱塞的《旧世纪还在新的时候》，屠格涅夫的《玫瑰是多么美丽，多么新鲜呵……》，史密斯（Smith）的《蔷薇》，杰克逊（H. Jackson）的《代替一篇春歌》，马奎斯（D. Marquis）的《守财奴自传序》，索洛古勃（Sologub）的一些作品，荷尔德林的一些诗，其中《玫瑰是多么美丽，多么新鲜呵……》《代替一篇春歌》《蔷薇》等几篇发表了，其余的大概都没有刊出，连稿子现在都没有了。

此时我的兴趣集中在西方的所谓“纯诗”上。但是也有分歧。纯诗主张废弃韵律，我则主张诗歌必须有韵律，否则叫任何什么名称都行，只是不必叫诗。泰戈尔是主张废除韵律的，他的道理并没有能说服我。我最喜欢的诗人是法国的魏尔兰、马拉梅和比利时的维尔哈伦等。魏尔兰主张：首先是音乐，其次是明朗与朦胧相结合。这符合我的口味。但是我反对现在的所谓“朦胧诗”。我总怀疑这是“英雄欺人”，以艰深文浅陋。文学艺术都必须要人了解，如果只有作者一个人了解（其实他自己也不见得就了解），那何必要文学艺术呢？此外，我还喜欢英国的所谓“形而上学诗”。在中国，我喜欢的是六朝骈文，唐代的李义山、李贺，宋代的姜白石、吴文英，都是唯美的，讲求辞藻华丽的。这个嗜好至今仍在。

在这四年期间，我同吴雨僧（宓）先生接触比较多。他主编天津《大公报》的一个副刊，我有时候写点书评之类的文章给他发表。我曾到燕京大学夜访郑振铎先生，同叶公超先生也有接触，他教我们英文，喜欢英国散文，正投我所好。我写散文，也翻译散文。曾有一篇《年》发表在与叶有关的《学文》上，受到他的鼓励，也碰过他的钉子。我常常同几个同班访问雨僧先生的藤影荷声之馆。有名的水木清华之匾就挂在工字厅后面。我也曾在月夜绕过工字厅走到学校西部的荷塘小径上散步，亲自领略朱自清先生《荷塘月色》描绘的那种如梦如幻的仙境。

我在清华时就已开始对梵文发生兴趣。旁听陈寅恪先生的佛经翻译文学更加深了我的兴趣。但由于当时没有人教梵文，所以空有这个愿望而不能实现。1935 年深秋，我到了德国哥廷根，才开始从瓦尔德施密特（Waldschmidt）教授学习梵文和巴利文。后又从西克（E. Sieg）教授学习吠陀和吐火罗文。梵文文学作品只在授课时作为语言教材来学习。第二次世界大战爆发，瓦尔德施密特被征从军，西克以耄耋之年出来代他授课。这位年老的老师亲切和蔼，恨不能把自己的一切学问和盘托出，交给我这个异域的青年。他先后教了我吠陀、《大疏》，吐火罗语。在文学方面，他教了我比较困难的檀丁的《十王子传》。这一部用艺术诗写成的小说实在非常古怪。开头一个复合词长达三行，把一个需要一章来描写的场面细致地描绘出来了。我回国以后之所以翻译《十王子传》，基因就是这样形成的。当时我主要是研究混合梵文，没有余暇来搞梵文文学，好像是也没有兴趣。在德国十年，没有翻译过一篇梵文文学著作，也没有写过一篇论梵文文学的文章。现在回想起来，也似乎从来没有想到要研究梵文文学。我的兴趣完完全全转移到语言方面，转移到吐火罗文方面去了。

1946 年回国，我到北大来工作。我兴趣最大、用力最勤的佛教梵文和吐火罗文的研究，由于缺少起码的资料，已无法进行。我当时有一句口号，叫作：“有多大碗，吃多少饭。”意思是说，国内有什么资料，我就做什么研究工作。巧妇难为无米之炊。不管我多么不甘心，也只能这样了。我就是在这种情况下来翻译文学作品的。解放初期，我翻译了德国女小说家安娜·西格斯的短篇小说。西格斯的小说，我非常喜欢。她以女性特有的异常细致的笔触，描绘反法西斯的斗争，实在是优秀的短篇小说家。以后我又翻译了迦梨陀娑的《沙恭达罗》和《优哩婆湿》，翻译了《五卷书》和一些零零碎碎的《佛本生故事》等。直至此时，我还并没有立志专门研究外国文学。我用力最勤的还是中印文化关系史和印度佛教史。我努力看书，积累资料。50年代，我曾想写一部《唐代中印关系史》，提纲都已写成，可惜因循未果。“文化大革命”中，资料被抄，丢了一些，还留下了一些，我已兴趣索然了。在那之后，我自忖已被打倒在地，命运是永世不得翻身。但我又不甘心无所事事，白白浪费人民的小米，想找一件能占住自己的身心而又能旷日持久的翻译工作，从来也没想到出版问题。我选择的结果就是印度大史诗《罗摩衍那》。大概从1973年开始，在看门房、守电话之余，着手翻译。我一定要译文押韵。但有时候找一个适当的韵脚又异常困难，我就坐在门房里，看着外面来来往往的人，大半都不认识，只见眼前人影历乱，我脑筋里却想的是韵脚。下班时要走四十分钟才能到家，路上我仍搜索枯肠，寻求韵脚，以此自乐，实不足为外人道也。

上面我谈了六十年来我和外国文学打交道的经过。原来不知从何处谈起，可是一谈，竟然也谈出了不少的东西。记得什么人说过，只要塞给你一支笔，几张纸，出上一个题目，你必然能写出东西来。我现在竟成了佐证。可是要说写得好，那可就不见得了。

究竟怎样评价我这六十年中对外国文学的兴趣和所表现出来的成绩呢？我现在谈一谈别人的评价。1980年，我访问联邦德国，同分别了将近四十年的老师瓦尔德施密特教授会面，心中的喜悦之情可以想见。那时期，我翻译的《罗摩衍那》才出了一本。我就带了去送给老师。我万没有想到，他板起脸来，很严肃地说：“我们是搞佛教研究的，你怎么弄起这个来了！”我了解老师的心情，他是希望我在佛教研究方面能多做出些成绩。但是他哪里能了解我的处境呢？我一无情报，二无资料，我是不得已而为之的。只是到了最近五六年，我两次访问联邦德国，两次访问日本，同外国的渠道逐渐打通，同外国同行通信、互赠著作，才有了一些条件，从事我那有关原始佛教语言的研究，然而人已垂垂老矣。

前几天，我刚从日本回来。在东京时，以东京大学名誉教授中村元博士为首的一些日本学者为我布置了一次演讲会。我讲的题目是《和平和文化》。在致开幕词时，中村元把我送给他的八大本汉译《罗摩衍那》提到会上，向大家展示。他大肆吹嘘了一通，说什么世界名著《罗摩衍那》外文译本完整的，在过去一百多年内只有英文，汉文译本是第二个全译本，有重要意义。日本、美国、苏联等国都有人在翻译，汉译本对日本译本会有极大的鼓励作用和参考作用。

中村元教授同瓦尔德施密特教授的评价完全相反。但是我决不由于瓦尔德施密特的评价而沮丧，也决不由于中村元的评价而发昏。我认识到翻译这本书的价值，也认识到自己工作的不足。由于别的研究工作过多，今后这样大规模的翻译工作大概不会再干了。难道我和外国文学的缘分就从此终结了吗？绝不是的。我目前考虑的有两件工作：一是翻译一点《梨俱吠陀》的抒情诗，这方面的介绍还很不够。二是读一点古代印度文艺理论的书。我深知外国文学在我们国家精神文明建设中的重要性，也深知我们研究的深度和广度都有待于大大地提高。不管我其他工作多么多，我的兴趣多么杂，我决不会离开外国文学这一块阵地的，永远也不会离开。

1986 年 5 月 31 日

写文章

当前中国散文界有一种论调，说什么散文妙就妙在一个“散”字上。散者，松松散散之谓也。意思是提笔就写，不需要构思，不需要推敲，不需要锤炼字句，不需要斟酌结构，愿意怎样写就怎样写，愿意写到哪里就写到哪里。理论如此，实践也是如此。这样的“散”文充斥于一些报刊中，滔滔者天下皆是矣。

我爬了一辈子格子，虽无功劳，也有苦劳；成绩不大，教训不少。窃以为并非如此容易。现在文人们都慨叹文章不值钱，如果文章都像这样的话，我看不值钱倒是天公地道。宋朝的吕蒙正让皂君到玉皇驾前去告御状：“玉皇若问人间事，为道文章不值钱。”如果指的是这样的文章，这可以说是刁民诬告。

从中国过去的笔记和诗话一类的书中可以看到，中国过去的文人，特别是诗人和词人，十分重视修辞。这样的例子不胜枚举。杜甫的“语不惊人死不休”是人所共知的。王安石的“春风又绿江南岸”中的“绿”字，是诗人经过几度考虑才选出来的。王国维把这种炼字的工作同他的文艺理想“境界”挂上了钩。他说：“词以境界为最上。”什么叫“境界”呢？同炼字有关是可以肯定的。他说：“‘红杏枝头春意闹’，著一‘闹’字而境界全出。”“闹”字难道不是炼出来的吗？

这情况又与汉语难分词类的特点有关。别的国家的情况不完全是这样。

上面讲的是诗词。散文怎样呢？我认为，虽然程度不同，这情况也是存在的。关于欧阳修推敲文章词句的故事，过去笔记小说多有记载。我现在从《霏雪录》中抄一段：

> 前辈文章大家，为文不惜改窜。今之学力浅浅者反以不改为高。欧公每为文，既成必自窜易，至有不留初本一字者。其为文章，则书而粘之屋壁，出入观省。至尺牍单简亦必立稿，其精审如此。每一篇出，士大夫皆传写讽诵。唯睹其浑然天成，莫究斧凿之痕也。

这对我们今天，无疑是一面镜子。

1993 年 12 月 26 日

丢书

我教了一辈子书，从中学教到大学，从中国教到外国，以书为命，嗜书成癖，积七八十年之积累，到现在已积书数万册，在燕园中成为藏书状元。

想当年十六七岁时，在济南北园白鹤庄读高中，家里穷，我更穷；但仍然省吃俭用，节约出将近一个月的伙食钱，写信到日本丸善书店，用“代金引换”的方式，订购了一本英国作家吉卜林的短篇小说，跋涉三十余里，到商埠邮局去取书，书到手中，如获至宝，当时的欢悦至今仿佛仍蕴含于胸中。

后来到了清华大学，我的经济情况略有改进，因为爬格子爬出了点名堂，可以拿到稿费了；但是，总起来看，仍然是十分拮据的。可我积习难除，仍然节约出一个月的饭费，到东交民巷一个德国书店订购了一部德国诗人薛德林的全集，这是我手边最宝贵的东西，爱之如心头肉。

到了德国以后，经济每况愈下。格子无从爬起，津贴数目奇低。每月除了房租饮食之外，所余无几。但在极端困难的十年中，我仍然省吃俭用，积聚了数百册西文专业书。回国以后，托德国友人，历尽艰辛，从哥廷根运回北京，我当然珍如拱璧了。

在新中国成立前的三年内，我在北京琉璃厂和东安市场结识了不少书肆主人。同隆福寺修绠堂经理孙助廉更是往来甚密，成为好友。我的一些旧书，多半是从他那里得到的。“文化大革命”以后，天日重明，但古籍已经被破坏，焚烧殆尽，旧日搜书之乐，已不可再得，只能在新书上打主意。

年来因种种原因，我自己买书不多，而受赠之书则源源不绝。数年之间，已塞满了七间房子。以我这样一个书呆子，坐拥书城，焉得不乐！虽南面王不易矣。

然而，天底下闪光的东西，不都是金子。万万没有想到，我这一座看起来固若金汤的书城竟也有了塌陷之处。我过于相信别人，引狼入室，最近搬移书籍，才发现丢书惨重。一般单本书，丢了还容易补上。然而，《王力全集》丢了四本，《朱光潜全集》丢了三本，《宗白华全集》丢了两本，叫我到哪里去配！这当头一棒使我大梦初醒，然而已经晚了。当今世风不良，人心叵测，斯文中人竟会有这种行为。我已望九之年，竟还要对世道纷纭从幼儿园学起，不亦大可哀哉！孔乙己先生说：偷书不算是偷。对此我不敢苟同，我要同他“商榷”的。

我之所以写这一篇短文，是因为我想到，“夜光杯”的读者中嗜书者必不在少数，如果还没有我这种经历，请赶快以我为鉴，在你的书房门口高悬一块木牌，上书四个大字：“闲人免进”。

1999年1月9日

温馨的回忆

一想到清华图书馆，一股温馨的暖流便立即油然涌上心头。

在清华园念过书的人，谁也不会忘记两馆：一个是体育馆，一个就是图书馆。

专就图书馆而论，在当时一直到今天，它在中国大学中绝对是一流的。光是那一座楼房建筑，就能令人神往。淡红色的墙上，高大的玻璃窗上，爬满了绿叶葳蕤的爬山虎。新中国成立后，曾加以扩建，建筑面积增加了很多；但是整个建筑的庄重典雅的色调，一点也没有遭到破坏。与前面的雄伟的古希腊建筑风格的大礼堂，形成了双峰并峙的局面，一点也不显得有任何逊色。

至于馆内藏书之多，插架之丰富，更是闻名遐迩。不但能为本校师生服务，而且还能为外校，甚至外国的学者提供稀有的资料。根据我的回忆，馆员人数并不多，但是效率极高，而且极有礼貌，有问必答，借书也非常方便。当时清华学生宿舍是相当宽敞的，一间屋住两人，每人一张书桌，在屋里读书也是很惬意的。但是，我们还是愿意到图书馆去，那里更安静，而且参考书极为齐全。书香飘满了整个阅览大厅，每个人说话走路都是静悄悄的。人一走进去，立即为书香所迷，进入角色。

我在校时，有一位馆员毕树棠老先生，胸罗万卷，对馆内藏书极为熟悉，听他娓娓道来，如数家珍。学生们乐意同他谈天，看样子他也乐意同青年们侃大山，是一个极受尊敬和欢迎的人。1946年，我出国十多年以后，又回到北京，是在北京大学工作。我打听清华的人，据说毕老先生还健在，我十分兴奋，几次想到清华园去会一会老友，但都因事未果，后来听说他已故去，痛失同这位鲁殿灵光见面的机会，抱恨终天了。

书籍是人类文化和智慧的最重要的载体。世界各国、各地，只要有文字有书籍的地方，书籍就必然承担起这个十分重要的责任。没有书籍，人类文化的发展，人类社会的进步，就会受到极大的影响，遇到极大的障碍，延缓前进的步伐。而图书馆就是储存这些重要载体的地方。在人类历史上，世界上各个国家，中国的各个朝代，几乎都有类似今天图书馆的设备。这是人类文化之所以能够代代传承下来的重要原因，我们对图书馆必须给予最高的赞扬。

清华大学，包括留美预备学堂和国学研究院在内，建校八十来年以来，颇出了一些卓有建树、蜚声士林的学者和作家。其中原因很多，但是校歌中说的“西山苍苍，东海茫茫；吾校庄严，巍然中央”，这是形象的说法，说得很玄远，其意不过是说清华园有灵气。园中的水木清华、荷塘月色等等，都是灵气之所钟。在这样有灵气的地方，又有全国一流的学生，有一些全国一流的教授，再加上有这样一个图书馆，焉得不培养出一些优秀人才呢！

我一想到清华图书馆，就有一种温馨的回忆，我永远不会忘记清华图书馆。

1999年6月15日于香山饭店

假若我再上一次大学

“假若我再上一次大学”，多少年来我曾反复思考过这个问题。我曾一度得到两个截然相反的答案：一个是最好不要再上大学，“知识越多越反动”，我实在心有余悸。一个是仍然要上，而且偏偏还要学现在学的这一套。后一个想法最终占了上风，一直到现在。

我为什么还要上大学而又偏偏要学现在这一套呢？没有什么堂皇的理由。我只不过觉得，我走过的这一条道路，对己，对人，都还有点好处而已。我搞的这一套东西，对普通人来说，简直像天书，似乎无利于国计民生。然而世界上所有科技先进的国家，都有梵文、巴利文以及佛教经典的研究，而且取得了辉煌的成绩。这一套冷僻的东西与先进的科学技术之间，真似乎有某种联系。其中消息耐人寻味。

我们不是提出了弘扬祖国优秀文化，发扬爱国主义吗？这一套天书确实能同这两句口号挂上钩，我举一个具体的例子。日本梵文研究的泰斗中村元博士在给我的散文集日译本《中国知识人的精神史》写的序中说到，中国的南亚研究原来是相当落后的。可是近几年来，突然出现了

一批中年专家，写出了一些水平较高的作品，让日本学者有“攻其不备”之感。这是几句非常有意思的话。实际上，中国梵学学者同日本同行们的关系是十分友好的。我们一没有“攻”，二没有争，只有坐在冷板凳上辛苦耕耘。有了一点成绩，日本学者看在眼里，想在心里，觉得过去对中国南亚研究的评价过时了。我觉得，这里面既包含着“弘扬”，也包含着“发扬”。怎么能说我们这一套无补于国计民生呢?

话说远了，还是回来谈我们的本题。

我的大学生活是比较长的：在中国念了四年，在德国哥廷根大学又念了五年，才获得学位。我在上面所说的“这一套”就是在国外学到的。我在国内时，对“这一套”就有兴趣，但苦无机会。到了哥廷根大学，终于找到了机会，我简直如鱼得水，到现在已经坚持学习了将近六十年。如果马克思不急于召唤我，我还要坚持学下去的。

如果想让我谈一谈在上大学期间我收获最大的是什么，那是并不困难的。在德国学习期间有两件事情是我毕生难忘的，这两件事都与我的博士论文有关联。

我想有必要在这里先谈一谈德国的与博士论文有关的制度。当我在德国学习的时候，德国并没有规定学习的年限。只要你有钱，你可以无限期地学习下去。德国有一个词儿是别的国家没有的，这就是“永恒的大学生”。德国大学没有空洞的“毕业”这个概念，只有博士论文写成，口试通过，拿到博士学位，这才算是毕了业。

写博士论文也有一个形式上简单而实则极严格的过程，一切决定于教授。在德国大学里，学术问题是教授说了算。德国大学没有入学考试，只要高中毕业，就可以进入任何大学。德国学生往往是先入几个大学，过了一段时间以后，自己认为某个大学、某个教授，对自己最适合，于是才安定下来，在一个大学，从某一位教授学习。先听教授的课，后参加他的研讨班。最后教授认为你“孺子可教”，才会给你一个博士论文题目。再经过几年的努力，收集资料，写出论文提纲，经过教授过目。论文写成的年限没有规定，至少也要三四年，长则漫无限制。拿到题目十年八年写不出论文，也不是稀见的事。所有这一切都决定于教授，院长、校长无权过问。写论文，他们强调一个“新”字，没有新见解，就不必写文章。见解不论大小，唯新是图。论文题目不怕小，就怕不新。我个人觉得，这是非常重要的一点。只有这样，学术才能“日日新”，才能有进步。否则满篇陈言，东抄西抄，饾饤拼凑，尽是冷饭。虽洋洋数十甚至数百万言，除了浪费纸张、浪费读者的精力以外，还能有什么效益呢？

我拿到博士论文题目的过程，基本上也是这样。我拿到了一个有关佛教混合梵语的题目。用了三年的时间，搜集资料，写成卡片，又到处搜寻有关图书，翻阅书籍和杂志，大约看了总有一百多种书刊。然后整理资料，使之条理化、系统化，写出提纲，最后写成文章。

我个人心里琢磨：怎样才能向教授露一手儿呢？我觉得那几千张卡片虽然抄写得好像蜜蜂采蜜，极为辛苦，然而却是干巴巴的，没有什么文采，或者无法表现文采。于是我想在论文一开始就写上一篇“导言”，这既能炫学，又能表现文采。真是一举两得的绝妙主意，我照此办理。费了很长的时间，写成一篇相当长的“导言”。我自我感觉良好，心里美滋滋的，认为教授一定会大为欣赏，说不定还会夸上几句哩。我先把“导言”送给教授看，回家做着美妙的梦。我等呀，等呀，终于等到教授要见我，我怀着走上领奖台的心情，见到了教授，然而却使我大吃一惊。教授在我的“导言”前画上了一个前括号，在最后画上了一个后括号，笑着对我说：“这篇导言统统不要！你这里面全是华而不实的空话，一点新东西也没有！别人要攻击你，到处都是暴露点，一点防御也没有！”

对我来说，这真如晴天霹雳，打得我一时说不上话来。但是，经过自己的反思，我深深地感觉到，教授这一棍打得好，我毕生受用不尽。

第二件事情是，论文完成以后，口试接着通过，学位拿到了手。论文需要从头到尾认真核对，不但要核对从卡片上抄入论文的篇、章、字、句，而且要核对所有引用过的书籍、报刊。要知道，在三年以内，我从大学图书馆，甚至从柏林的普鲁士图书馆，借过大量的书籍和报刊，耗费了大量的时间。当时就感到十分烦腻。现在再在短期内，把这样多的书籍重新借上一遍，心里要多腻味就多腻味。然而老师的教导不能不遵行，只有硬着头皮，耐住性子，一本一本地借，一本一本地查。把论文中引用的大量出处重新核对一遍，不让它发生任何一点错误。

后来我发现，德国学者写好一本书或者一篇文章，在读校样的时候，都是用这种办法来一一仔细核对。一个研究室里的人，往往都参加看校样的工作。每人一份校样，也可以协议分工。他们是以集体的力量，来保证不出错误。这个法子看起来极笨，然而除此以外，还能有“聪明的”办法吗？德国书中的错误之少，是举世闻名的。有的极为复杂的书竟能一个错误都没有，连标点符号都包括在里面。读过校样的人都知道，能做到这一步，是非常非常不容易的。德国人为什么能做到呢？他们并非都是超人的天才，他们比别人高出一头的诀窍就在于他们的“笨”。我想改几句中国古书上的话：“德国人其智可及也，其笨（愚）不可及也。”

反观我们中国的学术界，情况则颇有不同。在这里有几种情况。中国学者博闻强记，世所艳称。背诵的本领更令人吃惊。过去有人能背诵四书五经，据说还能倒背。写文章时，用不着去查书，顺手写出，即成文章。但是记忆力会时不时出点问题的。中国近代一些大学者的著作，若加以细致核对，也往往有引书出错的情况。这是出上乘的错。等而下之，作者往往图省事，抄别人的文章时也不去核对，于是写出的文章经不起核对。这是责任心不强，学术良心不够的表现。还有更坏的就是胡抄一气。只要书籍文章能够印出，哪管他什么读者！名利到手，一切不顾。我国的书评工作又远远跟不上，即使发现了问题，也往往“为贤者讳”怕得罪人，一声不吭。在我们当前的学术界，这种情况能说是稀少吗？我希望我们的学术界能痛改这种极端恶劣的作风。

我上了九年大学，在德国学习时，我自己认为收获最大的就是以上两点。也许有人会认为这卑之无甚高论。我不去争辩。我现在年届耄耋，如果年轻的学人不弃老朽，问我有什么话要对他们讲，我就讲这两点。

1991 年 5 月 5 日写于北京大学

德国学习生活回忆

我于 1934 年在清华大学西洋文学系毕业，到母校济南省立高中去教了一年国文。1935 年秋天，考取清华大学与德国交换研究生，到德国著名的大学城哥廷根去继续学习。

首先碰到的一个问题就是学习科目。我曾经想学习古希腊文和拉丁文。但是当时德国中学生要学习八年拉丁文、六年希腊文。我补习这两种古代语言至少也要费上几年的时间，那是无论如何也做不到的。为这个问题，我着实烦恼了一阵。有一天，我走到大学的教务处去看教授开课的布告，偶然看到 Waldschmidt 教授要开梵文课。这一下子就勾引起我旧有的兴趣：学习梵文和巴利文。从此以后，我在这个只有十万人口的小城住了整整十年，绝大部分精力就用在学习梵文和巴利文上。

我到哥廷根时，法西斯头子才上台两年。又过了两年，1937 年，日本法西斯就发动了侵华战争。再过两年，1939 年，德国法西斯就发动了第二次世界大战。在漫长的十年当中，我没有过上几天平静舒适的日子。到了德国不久，就赶上黄油和肉定量供应，而且是越来越少。第二次世界大战一爆发，面包立即定量，也是同样的规律：越来越少，而且越来越坏。到了后来，黄油基本上不见，做菜用的油是什么化学合成的。每月分配到的量很少，倒入锅中，转瞬一阵烟，便一切俱逝。做面包的面粉大部分都不是面粉，德国人自己也不知道是什么东西，有的说是海鱼粉做成的，有的又说是木头炮制的。刚拿到手，还可以入口，放上一夜，就腥臭难闻。过了几年这样的日子，天天挨饿，做梦也梦到祖国吃的东西。要说真正挨饿的话，那才算是挨饿。有一次我同一位德国小姐骑自行车下乡去帮助农民摘苹果，因为成丁的男子几乎都被征从军，劳动力异常缺少。劳动了一天，农民送给我一些苹果和五磅土豆。我回家以后，把五磅土豆一煮，一顿饭吃个精光，但仍毫无饱意。挨饿的程度，可以想见。我当时正读俄国作家果戈里的《钦差大臣》，其中有一个人没有东西吃，脱口说了一句："我饿得简直想把地球一口气吞下去。"我读了大为高兴，因为这位俄国作家在多少年以前就说出了我心里的话。

然而，我的学习并没有放松。我仍然是争分夺秒，把全部的时间都用于学习。我那几位德国老师使我毕生难忘。西克教授（Prof. Emil Sieg）当时已到耄耋高龄，早已退休，但由于 Waldschmidt 被征从军，他又出来代理。这位和蔼可亲诲人不倦的老人治学严谨，以读通吐火罗语，名扬国际学术界。他教我读波颠阇利的《大疏》，教我读《梨俱吠陀》，教我读《十王子传》，这都是他的拿手好戏。此外，他还殷切地劝我学习吐火罗语。我原来并没有这个打算，因为，从我的能力来说，我学习的东西已经够多的了。但是他的盛意难却，我就跟他念起吐火罗语来。同我同时学习的还有一个比利时的学者 W. Couvreur，Waldschmidt 教授每次回家休假，还关心指导我的论文。就这样，在战火纷飞下，饥肠辘辘中，我完成了我的学习，Waldschmidt 教授和其他两个系——斯拉夫语言系和英国语言系——的有关教授对我进行了口试。学习算是告一段落。有一些人常说：学术无国界。我以前对于这句话曾有过怀疑：学术怎么能无国界呢？一直到今天，就某些学科来说，仍然是有国界的。但是，也许因为我学的是社会科学，从我的那些德国老师身上，确实可以看出，学术是没有国界的。他们对我从来没有想保留一手。循循善诱，谆谆教导，连想法和资料，对我都是公开的。他们为什么这样做呢？难道他们不是想使他们从事的那种学科能够传入迢迢万里的中国来生根发芽结果吗？

此时战争已经形势大变。德国法西斯由胜转败，只有招架之功，没有还手之力。最初英美的飞机来德国轰炸时，炸弹威力不大，七八层的高楼仅仅只能炸坏最上面的几层。法西斯头子尾巴大翘，狂妄地加以嘲讽。但是过了不久，炸弹威力猛增，往往是把高楼一炸到底，有时甚至在穿透之后从地下往上爆炸。这时轰炸的规模也日益扩大，英国白天来炸，美国晚上来炸，都用的是"铺地毯"的方式，意思就是炸弹像铺地毯一样，一点空隙也不留。有时候，我到郊外林中去躲避空袭，躺在草地上仰望英美飞机编队飞过，机声震地，黑影蔽天，一躺就是个把小时。

我就是在这样饥寒交迫、机声隆隆中学习的。我当然会想到祖国，此时祖国在我心头的分量比什么时候都大。然而它却在千山万水之外，云天渺茫之中。我有时候简直失掉希望，觉得今生再也不会见到最亲爱的祖国了。同家庭也失掉了联系。我想改杜甫的诗："烽火连三岁，家书抵亿金。"我曾在当时写成的一篇短文里写道："乡思使我想到：我是一个有故乡和祖国的人。"也许现在的人们无法理解这样一句平凡简单然而又包含着许多深意的话。我当时是了解的，现在当然更能了解了。

在这里，我想着重提一下德国人民的友好情谊。大家都知道，在三十年代末四十年代初，中国，除了解放区以外，是在国民党统治下的，外交无能，内政腐败，黄钟毁弃，瓦釜雷鸣，是一个被人家瞧不起的国家，何况德国法西斯更是瞧不起所谓"有色人种"的。法西斯头子希特勒时有所表露，而他的话又是被某一些德国人奉为金科玉律的。然而，在广大人民群众中，情况却完全两样。我在德国住了那样长的时间，从来没有碰到种族歧视的粗野对待。我的女房东待我像自己的孩子一样。离别时她痛哭失声。我的老师，我上面已经讲到过，对我在学术上要求极严，但始终亲切和蔼，令我如在春风化雨中。对一个远离祖国有时又有些多愁善感的年轻人来说，这是极大的安慰，它使我有勇气在饥寒交迫、精神极度愁苦中坚持下去，一直看到法西斯的垮台。

法西斯垮台以后，德国已经是一片废墟。我曾到哈诺弗[①]去过一趟。这个百万人口的大城，城里面光留下一个空架子，几乎没有什么居民。大街两旁全是被轰炸过的高楼大厦，只剩下几堵墙。沿墙的地下室窗口旁，摆满了上坟用的花圈。据说被埋在地下室里的人成千上万。当时轰炸后，还能听到里面的求救声，但没法挖开地下室救他们。声音日渐微弱，终于无声地死在里边。现在停战了，还是无法挖开地下室，抬出尸体。家人上坟就只好把花圈摆在窗外。这种景象实在让人毛骨悚然。

这时已是 1945 年深秋，我到德国已经整整十年了。我同几个中国同乡，乘美军的汽车到了瑞士，在那里住了将近半年。1946 年夏天回国。从此结束了我那漫长的流浪生活。

1981 年 5 月 11 日

① 哈诺弗：通称为汉诺威。

ANTIGUA CASA FIGUERAS

悲喜唯自渡

人活得太久了，对人生的种种相，众生的种种相，看得透透彻彻，反而鼓舞时少，叹息时多。

难得糊涂

清代郑板桥提出来的亦书写出来的“难得糊涂”四个大字，在中国，真可以说是家喻户晓，尽人皆知的。一直到今天，二百多年过去了，但在人们的文章里，讲话里，以及嘴中常用的口语中，这四个字还经常出现，人们都耳熟能详。

我也是难得糊涂党的成员。

不过，在最近几个月中，在经过了一场大病之后，我的脑筋有点开了窍。我逐渐发现，糊涂有真假之分，要区别对待，不能眉毛胡子一把抓。

什么叫真糊涂，而什么又叫假糊涂呢？

用不着做理论上的论证，只举几个小事例就足以说明了。例子就从郑板桥举起。

郑板桥生在清代乾隆年间，所谓康乾盛世的下一半。所谓盛世，历代都有，实际上是一块其大无垠的遮羞布。在这块布下面，一切都照常进行。只是外寇来得少，人民作乱者寡，大部分人能勉强吃饱了肚子，“不识不知，顺帝之则”了。最高统治者的宫廷斗争，仍然是血腥淋漓，外面小民是不会知道的。历代的统治者都喜欢没有头脑没有思想的人；有这两个条件的只是士这个阶层。所以士一直是历代统治者的眼中钉。可离开他们又不行。于是胡萝卜与大棒并举。少部分争取到皇帝帮闲或帮忙的人，大致已成定局。等而下之，一大批士都只有一条向上爬的路——科举制度，成功与否，完全看自己的运气。翻一翻《儒林外史》，就能洞悉一切。但同时皇帝也多以莫须有的罪名大兴文字狱，杀鸡给猴看。统治者就这样以软硬兼施的手法，统治天下。看来大家都比较满意。但是我认为，这是真糊涂，如影随形，就在自己身上，并不“难得”。

我的结论是：真糊涂不难得，真糊涂是愉快的，是幸福的。

此事古已有之，历代如此。《楚辞》所谓“举世皆浊我独清，众人皆醉我独醒”，所谓“醉”，就是我说的糊涂。

可世界上还偏有郑板桥这样的人，虽然人数极少极少，但毕竟是有的。他们为天地留了点正气。他已经考中了进士。据清代的一本笔记上说，由于他的书法不是台阁体，没能点上翰林，只能外放当一名知县，“七品官耳”。他在山东潍县做了一任县太爷，又偏有良心，同情小民疾苦，有在潍县衙斋里所作的诗为证。结果是上官逼，同僚挤，他忍受不了，只好丢掉乌纱帽，到扬州当八怪去了。他一生诗书画中都有一种愤懑不平之气，有如司马迁的《史记》。他倒霉就倒在世人皆醉而他独醒，也就是世人皆真糊涂而他独必须装糊涂，假糊涂。

我的结论是：假糊涂才真难得，假糊涂是痛苦，是灾难。

现在说到我自己。

我初进三〇一医院的时候，始终认为自己患的不过是癣疥之疾。隔壁房间里主治大夫正与北大校长商议发出病危通告，我这里却仍然嬉皮笑脸，大说其笑话。终医院里的四十六天，我始终没有危机感。现在想起来，真正后怕。原因就在，我是真糊涂，极不难得，极为愉快。

我虔心默祷上苍，今后再也不要让真糊涂进入我身，我宁愿一生背负假糊涂这一个十字架。

2002年12月2日在三〇一医院于

大夫护士嘈杂声中写成，亦一快事也

糊涂一点，潇洒一点

最近一个时期，经常听到人们的劝告：要糊涂一点，要潇洒一点。

关于第一点糊涂问题，我最近写过一篇短文《难得糊涂》。在这里，我把糊涂分为两种，一个叫真糊涂，一个叫假糊涂。普天之下，绝大多数的人，争名于朝，争利于市。尝到一点小甜头，便喜不自胜，手舞足蹈，心花怒放，忘乎所以。碰到一个小钉子，便忧思焚心，眉头紧皱，前途暗淡，哀叹不已。这种人滔滔者天下皆是也。他们是真糊涂，但并不自觉。他们是幸福的，愉快的。愿老天爷再向他们降福。

至于假糊涂或装糊涂，则以郑板桥的"难得糊涂"最为典型。郑板桥一流的人物是一点也不糊涂的。但是现实的情况又迫使他们非假糊涂或装糊涂不行。他们是痛苦的。我祈祷老天爷赐给他们一点真糊涂。

谈到潇洒一点的问题，首先必须对这个词儿进行一点解释。这个词儿圆融无碍，谁一看就懂，再一追问就糊涂。给这样一个词儿下定义，是超出我的能力的。还是查一下词典好。《现代汉语词典》的解释是："（神情、举止、风貌等）自然大方，有韵致，不拘束。"看了这个解释，我吓了一跳。什么“神情”，什么“风貌”，又是什么“韵致”，全是些抽象的东西，让人无法把握。这怎么能同我平常理解和使用的“潇洒”挂上钩呢？我是主张模糊语言的，现在就让“潇洒”这个词儿模糊一下吧。我想到中国六朝时代一些当时名士的举动，特别是《世说新语》等书所记载的，比如刘伶的“死便埋我”，什么雪夜访戴，等等，应该算是“潇洒”吧。可我立刻又想到，这些名士，表面上潇洒，实际上心中如焚，时时刻刻担心自己的脑袋。有的还终于逃不过去，嵇康就是一个著名的例子。

写到这里，我的思维活动又逼迫我把“潇洒”，也像糊涂一样分为两类：一真一假。六朝人的潇洒是装出来的，因而是假的。

这些事情已经“俱往矣”，不大容易了解清楚。我举一个现代的例子。上一个世纪30年代，我在清华读书的时候，一位教授（姑隐其名）总想充当一下名士，潇洒一番。冬天，他穿上锦缎棉袍，下面穿的是锦缎棉裤，用两条彩色丝带把棉裤紧紧地系在腿的下部。头上头发也故意不梳得油光发亮。他就这样飘飘然走进课堂，顾影自怜，大概十分满意。在学生们眼中，他这种矫揉造作的潇洒，却是丑态可掬，辜负了他一番苦心。

同这位教授唱对台戏的——当然不是有意的——是俞平伯先生。有一天，平伯先生把脑袋剃了个精光，高视阔步，昂然从城内的住处出来，走进了清华园。园内几千人中这是唯一的一个精光的脑袋，见者无不骇怪，指指点点，窃窃私议，而平伯先生则全然置之不理，照样登上讲台，高声朗诵宋代名词，摇头晃脑，怡然自得。朗诵完了，他连声高呼：“好！好！就是好！”此外再没有别的话说。古人说：“是真名士自风流。”同那位教英文的教授一比，谁是真风流，谁是假风流，谁是真潇洒，谁是假潇洒，昭然呈现于光天化日之下。

这一个小例子，并没有什么深文奥义，只不过是想辨真伪而已。

为什么人们提倡糊涂一点，潇洒一点呢？我个人觉得，这能提高人们的和为贵的精神，大大地有利于安定团结。

写到这里，这一篇短文可以说是已经写完了。但是，我还想加上一点我个人的想法。

当前，我国举国上下，争分夺秒，奋发图强，巩固我们的政治，发展我们的经济，期能在预期的时间内建成名副其实的小康社会。哪里容得半点糊涂、半点潇洒？但是，我们中国人一向是按照辩证法的规律行动的。古人说：“文武之道，一张一弛。”有张无弛不行，有弛无张也不行。张弛结合，斯乃正道。提倡糊涂一点，潇洒一点，正是为了达到这个目的的。

2002 年 12 月 18 日

忘

记得曾在什么地方听过一个笑话：一个人善忘。一天，他到野外去出恭。任务完成后，却找不到自己的腰带了。出了一身汗，好歹找到了，大喜过望，说道："今天运气真不错，平白无故地捡了一条腰带！"一转身，不小心，脚踩到了自己刚才拉出来的屎堆上。于是勃然大怒："这是哪一条混账狗在这里拉了一泡屎？"

这本来是一个笑话，在我们现实生活中，未必会有的。但是，人一老，就容易忘事糊涂，却是经常见到的事。

我认识一位著名的画家，本来是并不糊涂的。但是，年过八旬以后，却慢慢地忘事糊涂起来。我们将近半个世纪以前就认识了，颇能谈得来，而且平常也还是有些接触的。然而，最近几年来，每次见面，他把我的尊姓大名完全忘了。从眼镜后面流出来的淳朴宽厚的目光，落到我的脸上，其中饱含着疑惑的神气。我连忙说："我是季羡林，是北京大学的。"他点头称是。但是，过了没有五分钟，他又问我："你是谁呀？"我敬谨回答如上。在每一次会面中，尽管时间不长，这样尴尬的局面总会出现几次。我心里想：老友确是老了！

有一年，我们邂逅在香港。一位有名的企业家设盛筵，宴嘉宾。香港著名的人物参加者为数颇多，比如饶宗颐、邵逸夫、杨振宁等先生都在其中。宽敞典雅、雍容华贵的宴会厅里，一时珠光宝气，璀璨生辉，可谓极一时之盛。至于菜肴之精美，服务之周到，自然更不在话下了。我同这一位画家老友都是主宾，被安排在主人座旁。但是正当觥筹交错，逸兴遄飞之际，他忽然站了起来，转身要走，他大概认为宴会已经结束，到了拜拜的时候了。众人愕然，他夫人深知内情，赶快起身，把他拦住，又拉回到座位上，避免了一场尴尬的局面。

前几年，中国敦煌吐鲁番学会在富丽堂皇的北京图书馆的大报告厅里举行年会。我这位画家老友是敦煌学界的元老之一，获得了普遍的尊敬。按照中国现行的礼节，必须请他上主席台并且讲话。但是，这却带来了困难。像许多老年人一样，他脑袋里刹车的部件似乎老化失灵。一说话，往往像开汽车一样，刹不住车，说个不停，没完没了。会议是有时间限制的，听众的忍耐也绝非无限。在这危难之际，我同他的夫人商议，由她写一个简短的发言稿，往他口袋里一塞，叮嘱他念完就算完事，不悖行礼如仪的常规。然而他一开口讲话，稿子之事早已忘入九霄云外。看样子是打算从盘古开天辟地讲起。照这样下去，讲上几千年，也讲不到今天的会。到了听众都变成了化石的时候，他也许才讲到春秋战国！我心里急如热锅上的蚂蚁，忽然想到：按既定方针办。我请他的夫人上台，从他的口袋掏出了讲稿，耳语了几句。他恍然大悟，点头称是，把讲稿念完，回到原来的座位。于是才化险为夷，皆大欢喜。

我比这位老友小六七岁。有人赞我耳聪目明，实际上是耳欠聪，目欠明。如人饮水，冷暖自知，其中滋味，实不足为外人道也。但是，我脑袋里的刹车部件，虽然老化，尚可使用。再加上我有点自知之明，我的新座右铭是：老年之人，刹车失灵，戒之在说。一向奉行不违，还没有碰到下不了台的窘境。在潜意识中颇有点沾沾自喜了。

然而我的记忆机构也逐渐出现了问题。虽然还没有达到画家老友那样“神品”的水平，也已颇有可观。在这方面，我是独辟蹊径，创立了有季羡林特色的“忘”的学派。

我一向对自己的记忆力，特别是形象的记忆，是颇有一点自信的。四五十年前，甚至六七十年前的一个眼神，一个手势，至今记忆犹新，召之即来，显现在眼前，耳旁，如见其形，如闻其声，移到纸上，即成文章。可是，最近几年以来，古旧的记忆尚能保存，对眼前非常熟的人，见面时往往忘记了他的姓名。在第一瞥中，他的名字似乎就在嘴边，舌上。然而一转瞬间，不到十分之一秒，这个呼之欲出的姓名，就蓦地隐藏了起来，再也说不出了。说不出，也就算了，这无关宇宙大事，国家大事，甚至个人大事，完全可以置之不理的。而且脑袋里像电灯似的断了的保险丝，还会接上的。些许小事，何必介意？然而不行，它成了我的一块心病。我像着了魔似的，走路，看书，吃饭，睡觉，只要思路一转，立即想起此事。好像是，如果想不出来，自己就无法活下去，地球就停止了转动。我从字形上追忆，没有结果：我从发音上追忆，结果杳然。最怕半夜里醒来，本来睡得香香甜甜，如果没有干扰，保证一夜幸福。然而，像电光石火一闪，名字问题又浮现出来。古人常说的平旦之气，是非常美妙的，然而此时却美妙不起来了。我辗转反侧，瞪着眼一直瞪到天亮。其苦味实不足为外人道也。但是，不知道是哪一位神灵保佑，脑袋又像电光石火似的忽然一闪，他的姓名一下子出现了。古人形容快乐常说“洞房花烛夜，金榜题名时”，差可同我此时的心情相比。

这样小小的悲喜剧，一出刚完，又会来第二出，有时候对于同一个人的姓名，竟会上演两出这样的戏。而且出现的频率还是越来越多。自己不得不承认，自己确实是老了。郑板桥说："难得糊涂。"对我来说，并不难得，我于无意中得之，岂不快哉！

然而忘事糊涂就一点好处都没有吗？

我认为，有的，而且很大。自己年纪越来越老，对于"忘"的评价却越来越高，高到了宗教信仰和哲学思辨的水平。苏东坡的词说："人有悲欢离合，月有阴晴圆缺，此事古难全。"他是把悲和欢，离和合并提。然而古人说："不如意事常八九。"这是深有体会之言。悲总是多于欢，离总是多于合，几乎每个人都是这样。如果造物主——如果真有的话——不赋予人类以"忘"的本领——我宁愿称之为本能——，那么，我们人类在这么多的悲和离的重压下，能够活下去吗？我常常暗自胡思乱想：造物主这玩意儿（用《水浒》的词儿，应该说是"这话儿"）真是非常有意思。他（她？它？）既严肃，又油滑；既慈悲，又残忍。老子说："天地不仁，以万物为刍狗。"这话真说到了点子上。人生下来，既能得到一点乐趣，又必须忍受大量的痛苦，后者所占的比重要多得多。如果不能"忘"，或者没有"忘"这个本能，那么痛苦就会时时刻刻都新鲜生动，时时刻刻像初产生时那样剧烈残酷地折磨着你。这是任何人都无法忍受下去的。然而，人能"忘"，渐渐地从剧烈到淡漠，再淡漠，再淡漠，终于只剩下一点残痕；有人，特别是诗人，甚至爱抚这一点残痕，写出了动人心魄的诗篇，这样的例子，文学史上还少吗？

因此，我必须给赋予我们人类"忘"的本能的造化小儿大唱赞歌。试问，世界上哪一个圣人、贤人、哲人、诗人、阔人、猛人、这人、那人，能有这样的本领呢？

我还必须给"忘"大唱赞歌。试问：如果人人一点都不忘，我们的世界会成什么样子呢？

遗憾的是，我现在尽管在"忘"的方面已经建立了有季羡林特色的学派，可是自谓在这方面仍是钝根。真要想达到我那位画家朋友的水平，仍需努力。如果想达到我在上面说的那个笑话中人的境界，仍是可望而不可即。但是，我并不气馁，我并没有失掉信心，有朝一日，我总会达到的。勉之哉！勉之哉！

1993 年 7 月 6 日

时间

一抬头，就看到书桌上座钟的秒针在一跳一跳地向前走动。它那里一跳，我的心就一跳。孔子说：“逝者如斯夫，不舍昼夜！”这里指的是水。水永远不停地流逝，让孔夫子吃惊兴叹。我的心跳，跳的是时间。水是能看得见，摸得着的。时间却是看不见，摸不着的，它的流逝你感觉不到，然而确实是在流逝。现在我眼前摆上了座钟，它的秒针一跳一跳，让我再清楚不过地看到了时间的流逝，焉能不心跳？焉能不兴叹呢？

远古的人大概是很幸福的。他们日出而作，日入而息，根据太阳的出没来规定自己的活动。即使能感到时间的流逝，也只在依稀隐约之间。后来，他们聪明了，根据太阳光和阴影的推移，把时间称作光阴。再后来，人们的聪明才智更提高了，用铜壶滴漏的办法来显示和测定时间的推移，这是用人工来抓住看不见摸不着的时间的尝试。到了近几百年，人类发明了钟表，把时间的存在与流逝清清楚楚地摆在每一个人的面前。这是人类文明进步的表现。但是，正如人们常说的那样，“有一利必有一弊”，人类成了时间的奴隶，成了手表的奴隶。现在各种各样的会极多，开会必须规定时间，几点几分，不能任意伸缩。如果参加重要的会而路上偏偏赶上堵车，任你怎样焦急，怎样频频看手表，都是白搭。这不是典型的时间的奴隶又是什么呢？然而，话又说了回来，在今天头绪纷纭杂乱有章的社会里，开会不定时间，还像古人那样“日出而作，日入而息”，悠哉游哉，顺帝之则，今天的社会还能运转吗？不管你愿意不愿意，成为时间的奴隶就正是文明的表现。

不管你意识到还是没有意识到，大自然还是把虚无缥缈的时间用具体的东西暗示给了人们。比如用日出日落标志出一天，用月亮的圆缺标志出一月，用四季（在印度是六季或者两季）标志出一年。农民最关心这些问题，一年二十四个节气对他们种庄稼有重要意义。在自然科学家和哲学家眼中，时间具有另外的意义。他们说，大千世界，人类万物，都生长在时间和空间内，而时间是无头无尾的，空间是无边无际的。我既不是自然科学家，也不是哲学家，对无头无尾和无边无际实在难以理解。可是不这样又能怎样呢？如果时间有了头尾，头以前尾以后又是什么呢？因此，难以理解也只得理解，此外更没有其他途径。

生与死也属于时间范畴。一般人总是把生与死绝对对立起来。但是，中国古代的道家却主张“万物方生方死”，把生与死辩证地联系在一起，而且准确无误地道出了生即是死的关系。随着座钟秒针的一跳，我自己就长了无法用言语表达出来的那么一点点儿，同时也就是向着死亡走近了那么一点点儿。不但我是这样，现在正是初夏，窗外的玉兰花、垂柳和深埋在清塘里的荷花，也都长了那么一点点儿，不久前还是冰封的湖水，现在是“风乍起，吹皱一池夏水”，波光潋滟，水色接天。岸上的垂杨，从光秃秃的枝条上逐渐长出了小叶片，一转瞬间，出现了一片鹅黄；再一转瞬，就是一片嫩绿，现在则是接近浓绿了。小山上原来是一片枯草，“一夜东风送春暖，满山开遍二月兰”。今年是二月兰的大年，山上地下，只要有空隙，二月兰必然出现在那里，座钟的秒针再跳上多少万次，二月兰即将枯萎，也就是走向暂时的死亡了。所有这些东西，都是方生方死。这是自然的规律，不可逆转的。

印度人是聪明的，他们把时间和死亡视为一物。梵文 hāla，既是“时间”，又是“死亡或死神”。《罗摩衍那》的主人公罗摩，在活了极长的时间以后，hāla走上门来，这表示他就要死亡了。罗摩泰然处之，既不“饮恨”，也不“吞声”。他知道这是自然规律，人类是无能为力的。我们今天知道，不但人类是这样，世界上万事万物都有始有终，无一例外。“顺其自然”是最好的办法。我在这里顺便说一下，在梵文里，动词“死”的字根是 mn；但是此字不用 manati 来表示现在时，而是用被动式 mniyati（ti），这表示，印度人认为“死”是被动的，主动自杀者究属少数。

同印度人比较起来，中国人大概希望争取长生。越是有钱有势的人越希望活下去，在旧社会里生活在水深火热中的小百姓，绝不会愿意长远活下去的。而富有天下的天子则热切希望长生。中国历史上几位有名的英主，莫不如此。秦始皇和汉武帝都寻求不死之药或者仙丹什么的。老百姓书呆子中也有寻求肉身升天的，而且连鸡犬都带了上去。我这个木头脑袋瓜真想也想不通。如果真有那么一个“天”的话，人数也不会太多。升到那里去干些什么呢？那里不会有官僚衙门，想走后门靠贿赂来谋求升官，没有这个可能。那里也不会有什么市场，什么 WTO，想发财也英雄无用武之地。想打麻将，唱卡拉 OK，唱几天，打几天，还是会有兴趣的，但让你一月月一年年永远打下去，你受得了吗？养鸡喂狗，永远喂下去，你也受不了。“不为无益之事，何以遣有涯之生！”无益之事天上没有。在天上待长了，你一定会自杀的。苏东坡说“起舞弄清影，何似在人间”，是有见地之言。我们还是老老实实待在人间吧。

要待在人间，就必须受时间的制约。在时间面前，人人平等。如果想不通我在上面说的那一些并不深奥的道理，时间就变成了枷锁，让你处处感到不舒服。但是，如果真想通了，则戴着枷锁跳舞反而更能增加一些意想不到的兴趣。我自认是想通了。现在照样一抬头就看到书桌上座钟的秒针一跳一跳地向前走动，但是我的心却不跳了。我觉得这是时间给我提醒儿，让我知道时间的价值。“一寸光阴不可轻”，朱子这一句诗对我这个年过九十的老头儿也是适用的。

2002 年 3 月 31 日

人生

在一个“人生漫谈”的专栏[1]中，首先谈一谈人生，似乎是理所当然的，未可厚非的。

而且我认为，对于我来说，这个题目也并不难写。我已经到了望九之年，在人生中已经滚了八十多个春秋了。一天天面对人生，时时刻刻面对人生，让我这样一个世故老人来谈人生，还有什么困难呢？岂不是易如反掌吗？

但是，稍微进一步一琢磨，立即出了疑问：什么叫人生呢？我并不清楚。

不但我不清楚，我看芸芸众生中也没有哪一个人真清楚的。古今中外的哲学家谈人生者众矣。什么人生意义，又是什么人生的价值，花样繁多，扑朔迷离，令人眼花缭乱；然而他们说了些什么呢？恐怕连他们自己也是越谈越糊涂。以己之昏昏，焉能使人昭昭！

① 指作者1996年起在上海《新民晚报》副刊“夜光杯”开设的个人专栏。

哲学家的哲学，至矣高矣。但是，恕我大不敬，他们的哲学同吾辈凡人不搭界，让这些哲学，连同它们的“家”，坐在神圣的殿堂里去独现辉煌吧！像我这样一个凡人，吃饱了饭没事儿的时候，有时也会想到人生问题。我觉得，我们“人”的“生”，都绝对是被动的。没有哪一个人能先制订一个诞生计划，然后再下生，一步步让计划实现。只有一个人是例外，他就是佛祖释迦牟尼。他住在天上，忽然想降生人寰，超度众生。先考虑要降生的国家，再考虑要降生的父母。考虑周详之后，才从容下降。但他是佛祖，不是吾辈凡人。

吾辈凡人的诞生，无一例外，都是被动的，一点主动也没有。我们糊里糊涂地降生，糊里糊涂地成长，有时也会糊里糊涂地夭折，当然也会糊里糊涂地寿登耄耋，像我这样。

生的对立面是死。对于死，我们也基本上是被动的。我们只有那么一点主动权，那就是自杀。但是，这点主动权却是不能随便使用的。除非万不得已，是绝不能使用的。

我在上面讲了那么些被动，那么些糊里糊涂，是不是我个人真正欣赏这一套，赞扬这一套呢？否，否，我绝不欣赏和赞扬。我只是说了一点实话而已。

正相反，我倒是觉得，我们在被动中，在糊里糊涂中，还是能够有所作为的。我劝人们不妨在吃饱了燕窝鱼翅之后，或者在吃糠咽菜之后，或者在卡拉 OK、高尔夫之后，问一问自己：你为什么活着？活着难道就是为了恣睢地享受吗？难道就是为了忍饥受寒吗？问了这些简单的问题之后，会使你头脑清醒一点，会减少一些糊涂。谓予不信，请尝试之。

1996 年 11 月 9 日

再谈人生

人生这样一个变化莫测的万花筒，用千把字来谈，是谈不清楚的。所以来一个“再谈”。

这一回我想集中谈一下人性的问题。

大家知道，中国哲学史上，有一个不大不小的争论问题：人是性善，还是性恶？这两个提法都源于儒家。孟子主性善，而荀子主性恶。争论了几千年，也没有争论出一个名堂来。

记得鲁迅先生说过：“人的本性是，一要生存，二要温饱，三要发展。”（记错了，由我负责。）这同中国古代一句有名的话，精神完全是一致的：“食色，性也。”食是为了解决生存和温饱的问题，色是为了解决发展问题，也就是所谓传宗接代。

我看，这不仅仅是人的本性，而且是一切动植物的本性。试放眼观看大千世界，林林总总，哪一个动植物不具备上述三个本能？动物姑且不谈，只拿距离人类更远的植物来说，“桃李无言”，它们不但不能行动，连发声也发不出来。然而，它们求生存和发展的欲望，却表现得淋漓尽致。

桃李等结甜果子的植物，为什么结甜果子呢？无非是想让人和其他能行动的动物吃了甜果子把核带到远的或近的其他地方，落到地上，生入土中，能发芽、开花、结果，达到发展，即传宗接代的目的。

你再观察，一棵小草或其他植物，生在石头缝中，或者甚至压在石头块下，缺水少光，但是它们却以令人震惊得目瞪口呆的毅力，冲破了身上的重压，弯弯曲曲地、忍辱负重地长了出来，由细弱变为强硬，由一根细苗甚至变成一棵大树，再作为一个独立体，继续顽强地实现那三种本性。“下自成蹊”，就是“无言”的结果吧。

你还可以观察，世界上任何动植物，如果放纵地任其发挥自己的本性，则在不太长的时间内，哪一种动植物也能长满塞满我们生存的这一个小小的星球地球。那些已绝种或现在濒临绝种的动植物，属于另一个范畴，另有其原因，我以后还会谈到。

那么，为什么到现在还没有哪一种动植物——包括万物之灵的人类在内——能塞满了地球呢？

在这里，我要引老子的话：“天地不仁，以万物为刍狗。”是造化小儿——谁也不知道，他究竟有没有？他究竟是什么样子？我不信什么上帝，什么天老爷，什么大梵天，宇宙间没有他们存在的地方。

但是，冥冥中似乎应该有这一类的东西，是他或它巧妙计算，不让动植物的本性光合得逞。

1996 年 11 月 12 日

三论人生

上一篇《再论》戛然而止，显然没有能把话说完，所以再来一篇《三论》。

造化小儿对禽兽和人类似乎有点区别对待的意思。它给你生存的本能，同时又遏制这种本能，方法或者手法颇多。制造一个对立面似乎就是手法之一，比如制造了老鼠，又制造它的天敌猫。

对于人类，它似乎有点优待。它先赋予人类思想（动物有没有思想和言语是一个有争论的问题），又赋予人类良知良能。关于人类本性，我在上面已经谈到。我不大相信什么良知，什么“恻隐之心，人皆有之”；但是我又无从反驳。古人说：“人之所以异于禽兽者几希。”“几希”者，极少极少之谓也。即使是极少极少，总还是有的。我个人胡思乱想，我觉得，在对待生物的生存、温饱、发展的本能的态度上，就存在着一点点“几希”。

我们观察，老虎、狮子等猛兽，饿了就要吃别的动物，包括人在内。它们绝没有什么恻隐之心，绝没有什么良知。吃的时候，它们也绝不会像人吃人的时候那样，有时还会捏造一些我必须吃你的道理，做好“思想工作”。它们只是吃开了，吃饱为止。人类则有所不同。人与人当然也不会完全一样。有的人确实能够遏制自己的求生的本能，表现出一定的良知和一定的恻隐之心。古往今来的许多仁人志士，都是这方面的好榜样。他们为什么能为国捐躯？为什么能为了救别人而牺牲自己的性命？鲁迅先生所说的“中国的脊梁”，就是这样的人。孟子所谓的“浩然之气”，只有这样的人能有。禽兽中是绝不会有什么“脊梁”，有什么“浩然之气”的，这就叫作“几希”。

但是人也不能一概而论，有的人能够做到，有的人就做不到。像曹操说：“宁教我负天下人，休教天下人负我！”他怎能做到这一步呢？

说到这里，就涉及伦理道德问题。我没有研究过伦理学，不知道怎样给道德下定义。我认为，能为国家，为人民，为他人着想而遏制自己的本性的，就是有道德的人。能够百分之六十为他人着想，百分之四十为自己着想，他就是一个及格的好人。为他人着想的百分比越高越好，道德水平越高。百分之百，所谓“毫不利己、专门利人”的人是绝无仅有的。反之，为自己着想而不为他人着想的百分比越高越坏。到了曹操那样，就算是坏到了顶。毫不利人、专门利己的人，普天之下倒是不老少的。说这话，有点泄气。无奈这是事实，我有什么办法？

1996 年 11 月 13 日

八十述怀

我从来没有想到，我能活到八十岁；如今竟然活到了八十岁，然而又一点也没有八十岁的感觉。岂非咄咄怪事！

我向无大志，包括自己活的年龄在内。我的父母都没能活到五十岁；因此，我自己的原定计划是活到五十岁。这样已经超过了父母，很不错了。不知怎么一来，宛如一场春梦，我活到了五十岁。那时正值所谓三年自然灾害。我流年不利，颇挨了一阵子饿。但是，我是“曾经沧海难为水”，在第二次世界大战时，我正在德国，我经受了而今难以想象的饥饿的考验，以致失去了饱的感觉。我们那一点灾害，同德国比起来，真如小巫见大巫；我从而顺利地度过了那一场灾难，而且我当时的精神面貌是我一生最好的时期，一点苦也没有感觉到，于不知不觉中冲破了我原定的年龄计划，渡过了五十岁大关。

五十一过，又仿佛一场春梦似的，一下子就到了古稀之年，不容我反思，不容我踟蹰。其间跨越了一个“文化大革命”。我当然是在劫难逃，被送进牛棚。我现在不知道应当感谢哪一路神灵：佛祖、上帝、安拉；由于一个万分偶然的机缘，我没有走上绝路，活下来了。活下来了，我不但没有感到特别高兴，反而时有悔愧之感在咬我的心。活下来了，也许还是有点儿好处的。我一生写作翻译的高潮，恰恰出现在这个期间。原因并不神秘：我获得了余裕和时间。在那期间，我被打得一佛出世，二佛升天。后来不打不骂了，我却变成了“不可接触者”。在很长时间内，我被分配挖大粪，看门房，守电话，发信件。没有以前的会议，没有以前的发言。没有人敢来找我，很少有勇气同我谈上几句话。一两年内，没有收到一封信。我服从任何人的调遣与指挥。只敢规规矩矩，不敢乱说乱动。然而我的脑筋还在，我的思想还在，我的感情还在，我的理智还在。我不甘心成为行尸走肉，我必须干点事情。二百多万字的印度大史诗《罗摩衍那》，就是在这时候译完的。“雪夜闭门写禁文”，自谓此乐不减羲皇上人。

又仿佛是一场缥缈的春梦，一下子活到了今天，行年八十矣，是古人称之为耄耋之年了。倒退二三十年，我这个在寿命上胸无大志的人偶尔也想到耄耋之年的情况：手拄拐杖，白须飘胸，步履维艰，老态龙钟。自谓这种事情与自己无关，所以想得不深也不多。哪里知道，自己今天就到了这个年龄了。今天是新年元旦。从夜里零时起，自己已是不折不扣的八十老翁了。然而这老景却真如古人诗中所说的“青霭入看无”，我看不到什么老景。看一看自己的身体，平平常常，同过去一样。看一看周围的环境，平平常常，同过去一样。金色的朝阳从窗子里流了进来，平平常常，同过去一样。楼前的白杨，确实粗了一点，但看上去也是平平常常，同过去一样。时令正是冬天，叶子落尽了，但是我相信，它们正蜷缩在土里，做着春天的梦。水塘里的荷花只剩下残叶，“留得枯荷听雨声”，现在雨没有了，上面只有白皑皑的残雪。我相信，荷花们也蜷缩在淤泥中，做着春天的梦。总之，我还是我，依然故我，周围的一切也依然是过去的一切……

我是不是也在做着春天的梦呢？我想，是的。我现在也处在严寒中，我也梦着春天的到来。我相信英国诗人雪莱的两句话：“既然冬天已经到了，春天还会远吗？”我梦着楼前的白杨重新长出了浓密的绿叶；我梦着池塘里的荷花重新冒出了淡绿的大叶子；我梦着春天又回到了大地上。

可是我万万没有想到，“八十”这个数目字竟有这样大的威力，一种神秘的威力。自己已经八十岁了！我吃惊地暗自思忖。它逼迫着我向前看一看，又回头看一看。向前看，灰蒙蒙的一团，路不清楚，但也不是很长。确实没有什么好看的地方，不看也罢。

而回头看呢，则灰蒙蒙的一团中，清晰地看到了一条路，路极长，是我一步一步地走过来的，这条路的顶端是在清平县的官庄。我看到了一片灰黄的土房，中间闪着苇塘里的水光，还有我大奶奶和母亲的面影。这条路延伸出去，我看到了泉城的大明湖。这条路又延伸出去，我看到了水木清华，接着又看到德国小城哥廷根斑斓的秋色，上面飘动着我那母亲似的女房东和祖父似的老教授的面影。路陡然又从万里之外折回到神州大地，我看到了红楼，看到了燕园的湖光塔影。令人泄气而且大煞风景的是，我竟又看到了牛棚的牢头禁子那一副牛头马面似的狞恶的面孔。再看下去，路就缩住了，一直缩到我的脚下。

在这一条十分漫长的路上，我走过阳关大道，也走过独木小桥。路旁有深山大泽，也有平坡宜人；有杏花春雨，也有塞北秋风；有山重水复，也有柳暗花明；有迷途知返，也有绝处逢生。路太长了，时间太长了，影子太多了，回忆太重了。我真正感觉到，我负担不了，也忍受不了，我想摆脱掉这一切，还我一个自由自在身。

回头看既然这样沉重，能不能向前看呢？我上面已经说到，向前看，路不是很长，没有什么好看的地方。我现在正像鲁迅的散文诗《过客》中的那一个过客。他不知道是从什么地方走来的，终于走到了老翁和小女孩的土屋前面，讨了点水喝。老翁看他已经疲惫不堪，劝他休息一下。他说："从我还能记得的时候起，我就在这么走，要走到一个地方去，这地方就在前面。我单记得走了许多路，现在来到这里了。我接着就要走向那边去，况且还有声音常在前面催促我，叫唤我，使我息不下。"那边，西边是什么地方呢？老人说："前面，是坟。"小女孩说："不，不，不的。那里有许多野百合、野蔷薇，我常常去玩，去看它们的。"

我理解这个过客的心情，我自己也是一个过客。但是却从来没有什么声音催着我走，而是同世界上任何人一样，我是非走不行的，不用催促，也是非走不行的。走到什么地方去呢？走到西边的坟那里，这是一切人的归宿。我记得屠格涅夫的一首散文诗里，也讲了这个意思。我并不怕坟，只是走了这么长的路以后，我真想停下来休息片刻。然而我不能，不管你愿意不愿意，反正是非走不行。聊以自慰的是，我同那个老翁还不一样，有的地方颇像那个小女孩说的，我既看到了坟，也看到了野百合和野蔷薇。

我面前还有多少路呢？我说不出，也没有仔细想过。冯友兰先生说："何止于米？相期以茶。""米"是八十八岁，"茶"是一百零八岁。我没有这样的雄心壮志，我是"相期以米"。这算不算是立大志呢？我是没有大志的人，我觉得这已经算是大志了。

我从前对穷通寿夭也是颇有一些想法的。"文化大革命"以后，我成了陶渊明的志同道合者。他的一首诗，我很欣赏：

纵浪大化中，
不喜亦不惧。

应尽便须尽，

无复独多虑。

我现在就是抱着这种精神，昂然走上前去。只要有可能，我一定做一些对别人有益的事，决不想成为行尸走肉。我知道，未来的路也不会比过去的更笔直、更平坦。但是我并不恐惧。我眼前还闪动着野百合和野蔷薇的影子。

1991 年 1 月 1 日

长寿之道

我已经到了望九之年，可谓长寿矣。因此经常有人向我询问长寿之道，养生之术。

我敬谨答曰：“养生无术是有术。”

这话看似深奥，其实极为简单明了。我有两个朋友，十分重视养生之道。每天锻炼身体，至少要练上两个钟头。曹操诗曰：“对酒当歌，人生几何？”人生不过百年，每天费上两个钟头，统计起来，要有多少钟头啊！利用这些钟头，能做多少事情呀！如果真有用，也还罢了。他们两人，一个先我而走，一个卧病在家，不能出门。

因此，我首创了三“不”主义：不锻炼，不挑食，不嘀咕。名闻全国。

我这个三不主义，容易招误会，我现在利用这个机会解释一下。我并不绝对反对适当的体育锻炼，但不要过头。一个人如果天天望长寿如大旱之望云霓，而又绝对相信体育锻炼，则此人心态恐怕有点失常，反不如顺其自然为佳。

至于不挑食，其心态与上面相似。常见有人年才逾不惑，就开始挑食，蛋黄不吃，动物内脏不吃，每到吃饭，战战兢兢，如履薄冰，窘态可掬，看了令人失笑。以这种心态而欲求长寿，岂非南辕而北辙！

我个人认为，第三点最为重要。对什么事情都不嘀嘀咕咕，心胸开朗，乐观愉快，吃也吃得下，睡也睡得着，有问题则设法解决之，有困难则努力克服之，决不视芝麻绿豆大的窘境如苏迷庐山般大，也决不毫无原则随遇而安，决不玩世不恭。“应尽便须尽，无复独多虑。”有这样的心境，焉能不健康长寿？

我现在还想补充一点，很重要的一点。根据我个人七八十年的经验，一个人绝不能让自己的脑筋投闲置散，要经常让脑筋活动着。根据外国一些科学家的实验结果，“用脑伤神”的旧说法已经不能成立，应改为“用脑长寿”。人的衰老主要是脑细胞的死亡。中老年人的脑细胞虽然天天死亡；但人一生中所启用的脑细胞只占细胞总量的四分之一，而且在活动的情况下，每天还有新的脑细胞产生。只要脑筋的活动不停止，新生细胞比死亡细胞数目还要多。勤于动脑筋，则能经常保持脑中血液的流通状态，而且能通过脑筋协调控制全身的功能。

我过去经常说：“不要让脑筋闲着。”我就是这样做的。结果是有人说我“身轻如燕，健步如飞”。这话有点过了头，反正我比同年龄人要好些，这却是真的。原来我并没有什么科学根据，只能算是一种朴素的直觉。现在读报纸，得到了上面的认识。在沾沾自喜之余，谨作补充如上。

这就是我的“长寿之道”。

1997 年 10 月 29 日

天地独行客

在无量的宇宙进程中，我们有这次生命，不是容易事；比电火还要快，一闪便会消逝到永恒的沉默里去。我们不要放过这短短的时间，我们要多看一些东西。

火车上观日出

在晨光熹微中，我走出了卧铺车厢，走到了列车的走廊上。猛一抬头，我的全身连我的内心立刻激烈地震动了一下：东方正有一抹胭脂似的像月牙一般的红彤彤的东西腾涌出来。这是即将升起的朝阳，我心里想。

我年逾古稀，平生看日出多矣。有的是我有意去寻求的，比如泰山观日。整整五十年前，当时我还是一个青年小伙子，正在济南一个中学里教书。在旧历八月中秋，我约了两个朋友，从济南乘火车到泰安。当天下午我们就上了山。我只有二十三岁，正是精力旺盛的时候，我大跨步走过斗母宫、快活三里、五大夫松，一气登上了南天门，丝毫也没有感到什么吃力，什么惊险。此时正是暮色四垂，阴影布上群山的时候，四顾寂无一人，万古的沉寂压在我们身上。在一个鸡毛小店里住了一夜。第二天，摸黑起来，披上店里的棉被，登上玉皇顶。此时东天逐渐苍白。我瞪大了眼睛，连眨眼都不敢，盼望奇迹的出现。可是左等右等，我等待的奇迹太阳只是不露面。等到东天布满了一片红霞时，再仔细一看，朝阳已经像一个红色的血球，徘徊于片片的白云中，原来太阳早已经出来了。

从那以后，过了四十多年，到了八十年代初，我第一次登上了“归来不看岳”的黄山。在北海住了三天。我曾同小泓摸黑起床，赶到一座小山顶上，那里已经黑压压地挤满了人。我们好不容易挤了上去，在人堆里争取了一块容身之地，静下心来，翘首东望，恭候日出。东天原来是灰蒙蒙一片，只是比西方、南方、北方稍微显得白了亮了一点。但是，一转瞬间，亮度逐渐增高，由淡白转成了淡红，再由淡红转成了浓红，一片霞光照亮东天。再一转瞬，一牙红痕突然涌出，红痕慢慢向上扩大，由一点到一线，由一线到一片，一轮又圆又红的球终于跳出来了。

就这样，我在泰山和黄山这两个在全中国甚至全世界都以能观日出而声名远扬的名山上，看到了日出。是我自己处心积虑一意追求而得来的。

我现在是在火车上，既非泰山，也非黄山。我做梦也没有想到会同观赏日出联系起来，我一点寻求的意思也没有。然而，仿佛眼前出现了奇迹：摆在我眼前的是不折不扣的日出。我内心的震惊不是完全很自然的吗？

这样的日出，从来没有听人说观赏过，连听人谈到过都没有。它同以前处心积虑一意追求看到的不一样，完完全全地不一样。不管在泰山，还是在黄山，我都是静止不动的。太阳虽然动，也只是在一个地方动，她安详自在，慢条斯理，威严端重，不慌不忙。她在我眼中是崇高的化身，是威仪的重现。正像印度大诗人泰戈尔每天早晨对着朝阳沉思默祷那样，太阳在我眼中也是神圣不可侵犯的。

然而现在却是另一番景象。火车风驰电掣，顷刻数里，一刻也不停。而太阳也是一刻也不停，穷追不舍。她仿佛是率领着白云、朝霞、沧海、苍穹，仿佛率领着她那些如云的随从，追赶着火车，追赶着车上的我，过山，过水，过森林，过小村。有时候我甚至看到她鬓云凌乱，衣冠不整。原来的端庄威严，安详自在，一点影子都没有了。是她在处心积虑，一意追求，追求着火车上的我，一定要我观看她的出现。此时我的心情简直是用任何言语也形容不出来了。

太阳一方面穷追不舍，一方面自己在不停地变幻。最初我只看到在淡红色的云堆中慢慢地涌出了一点红色月牙似的东西。月牙逐渐扩大，扩大，扩大，最初的颜色像是朱砂，眼睛能够直视。但是，随着体积的逐渐扩大，朱砂逐渐变为黄金，光芒越来越亮，到了最后，辉光焜耀，谁要是再想看她，她的光芒就要刺他眼睛了。等到太阳高高升起的时候，她在天空里俯视大地，俯视火车，俯视火车中的我，她又恢复了她那端庄威严，安详自在的神态，虽然是仍然跟着火车走，却再也没有那种仓促急忙的样子了。

这短短的车上观日出的经历，对我来说，简直像是一次神秘的天启。它让我暂时离开了尘世，离开了火车，甚至离开了我自己。我体会到变中有不变，不变中又有变；我体会到变化与速度的交互融合，交互影响。这种体会，我是无法说清楚的。等我回到车厢内的时候，人们还在熟睡未醒。我仿佛怀着独得之秘，静静地坐在那里，回想刚才的一切，余味犹甘。一团焜耀的光辉还留在我的心中。

1984 年 10 月 17 日在烟台写初稿

1992 年 7 月 10 日在北京写定稿

一个影子似的孩子

有道是老马识途，又说姜是老的辣。意思无非是说，人老了，识多见广，没有没见过的东西。如今我已年逾古稀，足迹遍三大洲，见到的人无虑上千，上万，甚至上亿。但是我却从来没有见过这样一个影子似的孩子。

什么叫影子似的孩子呢？我来到庐山，在食堂里，坐定了以后，正在大嚼之际，蓦抬头，邻桌上已经坐着一个十几岁的西藏男孩，长着两只充满智慧的机灵的大眼睛，满脸秀气，坐在那里吃饭。我根本没有注意到他是什么时候进来的，没有一点声息，没有一点骚动。我正在心里纳闷，然而，一转眼间，邻桌上已经空无一人，没有一点声息，没有一点骚动，来去飘忽，活像一个影子。

最初几天，我们乘车出游，他同父母一样，从来不参加的。我心里奇怪：这样一个十几岁的男孩子，不知道闷在屋里干些什么？他难道就不寂寞吗？一直到了前几天，我们去游览花径、锦绣谷和仙人洞时，谁也没有注意到，车子上忽然多了一个人，他就是那个小男孩。他一句话也不说，没有一点声息，没有一点骚动，沉静地坐在那里，脸上浮现着甜蜜温顺的笑意，仍然像是一个影子。

从花径到仙人洞是有名的锦绣谷，长约一公里，左边崇山峻岭，右边幽谷深涧，岚翠欲滴，下临无地，目光所到之处，浓绿连天，是庐山的最胜处。道狭人多，拥挤不堪，我们这一队人马根本无法走在一起。小男孩同谁也不结伴，一个人踽踽独行。有时候，我想找他，但是万头攒动，宛如汹涌的人海，到哪里去找呢？但是，一转瞬间，他忽然出现在我们身旁。两只俊秀的大眼睛饱含笑意，一句话也不说，一点声息也没有。可是，又一转瞬，他又不知消失到何方了。瞻之在前，忽然在后，飘忽浮动，让人猜也猜不透。等到我们在仙人洞外上车的时候，他又飘然而至，不声不响，活像是我们自己的影子。

又一次，我们游览龙宫洞，小男孩也去了。进了洞以后，光怪陆离，气象万千。我们走在半明半暗的洞穴里，目不暇接。忽然抬头，他就站在我身旁。可是一转眼又不见了。等我们游完了龙宫洞，乘坐过龙船以后，我想到这小男孩又不知道跑到哪里去了。但是，正要走出洞门，却见他一个人早已坐在石桌旁边，静静地在等候我们，满脸含笑，不声不响，又活像是我们的影子。

我有时候自己心里琢磨：这小男孩心里想些什么呢？前两天，我们正在吃饭的时候，忽然下了一阵庐山式的暴雨，白云就在门窗间飘出飘进，转瞬院子里积满了水，形成了小小的瀑布。我们的餐厅同寝室是分开来的。在大雨滂沱中，谁也回不了寝室，都站在那里着急，谁也没有注意到，这小男孩已经走出餐厅，回到寝室，抱来了许多把雨伞，还有几件雨衣，一句话也不说，递给别人，两只大眼睛满含笑意，默默无声，像是我们的影子。我心中和眼前豁然开朗：在这个不声不响影子似的孩子的心中，原来竟然蕴藏着这样令人感动的善良与温顺。我不禁对这个平淡无奇的孩子充满了敬意了。

我从来不敢倚老卖老，但在下意识中却隐约以见过大世面而自豪。不意在垂暮之年，竟又开了一次眼界，遇到了这样一个以前自己连做梦都不会想到的影子似的孩子。他并没有什么惊人之举，衣饰举动都淳朴得出奇，是一个非常平凡的小男孩。然而，从他身上，我们不是都可以学习到一些十分可贵的东西吗？

1986 年 8 月 3 日于庐山

海上世界

眼前是一片弥漫天际的黑暗，只是在这里、那里有大小不同的灯火，一点点，一束束，一簇簇，在黑暗中闪着光。有的灯火还拖着一条长长的尾巴，在水面上摇曳，动荡。在眼睛能看到的最远的地方，黑暗更加浓缩起来。可是在浓缩的黑暗的边缘下面，却有一串长达几十里的灯光组成的珍珠项链，颗颗珍珠，熠熠发光，从左到右，伸展出去，仿佛无头无尾。

我是在什么地方呢？是天上？是人间？是海上？是陆地？我不知道，我说不出，我也没有去细想。

难道我是在印度的孟买吗？七八年以前，我曾在这个城市里待过几天。我曾有几次在夜间乘车出游，沿着孟买海湾弧形的岸边兜风。我看到了举世闻名的、孟买人引以自傲的“公主项链”，是一长串电灯，沿着海岸，形成弧形，远远望去，光芒四射，真仿佛是有什么神灵从九天之上把这样一串硕大无比的珍珠项链丢到这个大地上，丢到了孟买，形成了这样一个宇宙奇观。

孟买是世界名城，一方面有近代大都市的一些特点，颇有点像中国的上海，另一方面又保留了印度的一些古旧风习。在摩天高楼之间，在一棵什么古树的下面，往往站着一座神像，赤身露体，龇牙咧嘴，红色的鲜血似的东西洒满了他（她）的全身，脖子上也不缺少鲜花制成的花环。我们异乡人看了只能瞠目结舌。在有名的印度门旁边，在车水马龙的大马路边上，成群的鸽子在喧闹、嬉戏、搏斗、争食，小孩子迈着还走不全的步子把玉米粒递到小鸽子嘴里。我们异乡人顾而乐之……

我完全沉浸在对孟买的回忆中。猛一转念，我清醒过来了：我眼前不是在印度的孟买，而是在祖国的大地上，是在南天的深圳。我正凭栏站在一艘几万吨级的巨轮的甲板上。下面在很深的地方，是黝黑的海水。偶尔流过来一线灯光，还隐约可以看到流动着的海水的波纹。这情景明白无误地告诉我，我确实是站在一艘船上。

提起此船，大大的有名。据说它原来是法国已故总统戴高乐的豪华游轮。不知道怎么一来，转到我们中国人民手中。它曾作为中日友好之船，漂洋过海，到过日本，为加强中日人民的友谊做出过贡献。又不知道怎么一来，它现在被固定在蛇口的岸边，成了一个豪华的旅馆，不再飘动，岿然立定。船上数不清有多少房间。我没有到过阿房宫；我相信，那一座宫殿也绝不会同这个“海上世界”相同。但是，当我第一次游览这个庞然大物的时候，我时时想到唐代杜牧的《阿房宫赋》，“蜂房水涡，矗不知其几千万落”“高低冥迷，不知西东。歌台暖响，春光融融”等等的句子，难道不能移来描绘这个千门万户的豪华巨轮吗？这里还有一些东西是阿房宫里绝不会有的，比如说船上游泳池养着的那两只巨大的海龟，就是非常有趣的东西，我每次看到它们在水里游动，辄涉遐想。

我现在就住在这样一座巨大的迷宫里。每天晚上，在深圳大学开完会吃过晚饭以后，就乘车返回这里，站在甲板上，一个人默默地欣赏着迷蒙的夜色，往往站上很长的时间。最让我流连不忍离去的就是上面提到的那一串灯光形成的珍珠项链。对它我简直是百看不厌。它能引起我的种种幻想：深山大泽，通衢闹市，天上地下，海阔天空。我的幻想仿佛插上了翅膀，到处飞翔，无所不往，无阻无碍，圆融自在。

我也努力在黑暗中辨认白天到过的地方。在右边的某一个山影的后面，大概就是深圳大学吧。我现在当然什么东西都看不见。但是，我内心深处的那一双眼睛却仿佛看到了深大的校园。现在在北国正是凄清萧瑟的初冬季节，这里依然还是盛夏。在炎阳下，各种颜色的鲜花迎风怒放，开得五色缤纷，花团锦簇。这里也像小说中的仙山一样，有“四时不谢之花，八节长春之草”。年轻的大学生们也像是一朵朵的鲜花。在鲜花丛中走来走去，怡然自得，仿佛要同鲜花比美。女学生的高跟鞋击地作响，男学生的牛仔裤别具一格。不管是男是女，都是高视阔步，一副主宰宇宙的神气。他们心目中的宇宙大概就像眼前的鲜花一样绚丽多彩吧。他们是我们的未来，他们是我们的希望，他们是我们建设社会主义祖国的主将。我真是从心里面喜欢这一些男女大孩子们。我的眼前一闪，这些男女大孩子身上都仿佛发出了光芒，同眼前的珍珠项链争光夺彩，不，他们简直就形成了这一长串的珍珠项链了。

我立刻又联想到了在深圳大学的一个大厅里举行的比较文学讨论会。参加讨论会的有许多国外著名的学者，也有国内著名的学者；群贤毕至，少长咸集；看来中年青年人占绝大多数。红颜白发，相映成趣。会议开得活泼、热烈，大家皆大欢喜。比较文学在中国是一门新兴学科。这一批中年青年人英姿勃发，精神抖擞，可以说是极一时之选。我们在他们身上看到了这一门学科的光辉前景。我的眼前又一闪，这一批中青年身上也仿佛发出了光芒，闪灼辉耀，灿如列星。他们也在同我眼前的这一串珍珠项链争光夺彩了。

我就这样站在这艘巨轮的甲板上，在黑暗中浮想联翩，有时候简直是想入非非。我眼前的这一串珍珠项链突然亮了起来，海上世界这一艘豪华的庞然大物仿佛开动了机器，驶离了岸边，驶向那一串珍珠项链；在黑暗的海上，在迷蒙的夜空下，载着我们的希望，载着我们的未来，它真成为一个名副其实的海上世界了。

1985 年 12 月 17 日

西双版纳礼赞

在北京的时候，我就常常想到西双版纳。每一想到，思想好像要插上翅膀，飞呀，飞呀，不知道要飞多久，飞多远，才能飞到祖国的这一个遥远的边疆地区。

然而，今天我到了西双版纳，却觉得北京就在我跟前。我仿佛能够嗅到北京的气味，听到北京的声音，看到北京的颜色。我的一呼、一吸、一举手、一投足，仿佛都与北京人共之。我没有一点辽远的感觉。这是什么原因呢？

这原因，我最初确是百思莫解。它对我仿佛是一个神秘的谜，我左猜右猜，无论如何也猜不透。

但是，我终于在无意中得到了答案。

有一天，我们在允景洪参观一个热带植物园。一群男女青年陪着我们。听他们的口音，都不是本地人：有的来自南京，有的来自上海，有的来自湖南，有的来自江苏。尽管故乡不同，方音各异，现在却和睦融洽地生活在一起，工作在一起。在浓黑的橡胶树荫里，在五彩缤纷的奇花异草的芳香中，这些青年兴致勃勃地给我们解释每一棵植物的名称、特点、经济价值。有一个女孩子，垂着一双辫子，长着一对又圆又大又亮的眼睛，双颊像苹果一般的红艳。她浑身洋溢着青春的活力，眼睛里闪烁着动人的光芒。她正巧走在我的身旁，我就同她闲谈起来：

“你是什么地方人呢？”

“福建厦门。”

“来了几年了？”

“五年了。”

“你不想家吗？”

女孩子嫣然一笑，把辫子往背后一甩，从容不迫地说道：

“哪里是祖国的地方，哪里就是我可爱的家乡。”

我的心一动。这一句话多么值得深思玩味呀。从这些男女青年的神情上来看，他们早已把西双版纳当作自己的家乡。而我自己虽然来到这里不久，也在不知不觉中把西双版纳当作自己的家乡了，我已经觉得它同北京没有什么差别了。

我曾不止一次地听日本朋友说到中国青年的眼睛特别亮，这个观察很细致。西双版纳的青年们，确实都像从厦门来的那个女孩子，眼睛特别明亮。这眼睛不但看到现在，而且看到将来；里面洋溢着蓬勃的热情、炽热的希望和美丽的幻想。

西双版纳是一个“黄金国”，是一个奇妙的地方，是一个能引起人们幻想的地方。到了这，青年们的眼睛怎能不特别明亮呢？

就看看这里的树林吧。离开思茅不远，一进入西双版纳的原始密林，你就会为各种植物的那种无穷无尽、充沛旺盛的生命力所震惊。你看那参天的古树，它从群树丛中伸出了脑袋，孤高挺直，耸然而起，仿佛想一直长到天上，把天空戳上一个窟窿。大叶子的蔓藤爬在树干上，伸着肥大浓绿的胳臂，树多高，它就爬多高，一直爬到白云里去。一些像兰草一样的草本植物，就生长在大树的枝干上，骄傲地在空中繁荣滋长。大榕树劲头更大，一棵树就能繁衍成一片树林。粗大的枝干上长出了一条条的腿；只要有机会踏到地面上，它立刻就深深地牢牢地钻进去，仿佛想把大地钻透，任凭风多大，也休想动摇它丝毫。芭蕉的叶子大得惊人，一片叶子好像就能搭一个天棚，影子铺到地上，浓黑一团。总之，在这里，各种的树，各种的草，各种的花，生长在一起，纠缠在一起，长呀，长呀，长成堆，长成团，长成了一块，郁郁苍苍，浓翠欲滴，连一条蛇都难钻进去。

这里的水果蔬菜，也很惊人。一棵香蕉树能结成百上千只香蕉。肥大的木瓜，簇拥在一起，谁也不让谁，力量大的尽量扩大自己的身体，力量小的只好在夹缝中谋求生存。白菜一棵有几十斤重，拿到手里，像是满手翡翠。萝卜滚圆粗大，里面的汁水简直就要流了出来。大葱有的长得像小儿的胳臂，又白又嫩。其他的蔬菜无不肥嫩鲜美。我们初看到的时候，简直有点觉得它们大得浪费，肥得荒谬，瞠目结舌，不知道究竟应该说什么好了。

所有这一切从地里生长出来的东西，仿佛从大地的最深处带出来了一股丰盈充沛的生命活力，汹涌迸发，弥漫横溢。它在一切树木上，一切花草上，一切山之巅，一切水之涯，把这一片土地造成了美丽的地上乐园。

再说到这里的自然风光，那更是瑰丽奇伟。这里也可以说是有四季的：但却与北方不同，不是春夏秋冬，而是三个春季和一个夏季。我来到这里的时候，北方正是“千里冰封，万里雪飘”，这里却风和日暖，花气袭人，大概只能算是一个春季吧。我最爱这里的清晨。当一百只雄鸡的鸣声把我唤出梦境的时候，晓星未退，晨雾正浓。各种各样花草的香气，在雾中仿佛凝结了起来，成团成块，逼人欲醉。我最爱这里的月夜，月光像水一般从天空中泻下来，泻到芭蕉的大叶子上，泻到累累垂垂的木瓜上，泻到成丛的剑麻上，让一切都浸在清冷的银光中。芭蕉的门扇似的大叶子，剑麻的带锯齿的叶子，木瓜树的长圆的叶子，阴影投在地上，黑白分明，线条清晰。我最爱这里的白云。舒卷自如，变化万端，流动在群山深处，大树林中，流动在茅舍顶上，汽车轮下。它给森林系上腰带，给群峰戴上帽子。每当汽车驶入白云中的时候，下顾溪壑深处，白云仿佛变成了银桥，驮着汽车走向琼楼玉宇的天宫。我最爱这里的青山。簇簇拥拥，层层叠叠，身上驮满了万草千树，肚子里藏满了珍宝奇石，像是一条条翠绿的玉带，环绕着每一个坝子，千峰争秀，万壑竞幽。——我最爱这，我最爱那，我最爱的东西是数也数不完的。

现在这里不但获天时，有地利，最主要的还是得人和。在过去几千年的历史上，这里是有名的瘴疠地，也是有名的民族矛盾冲突的地方。许多古书上记载着一些有关此地的骇人听闻的事情：说这里的空气满含瘴气，呼吸不得；这里的水是毒泉，喝不得；许多美丽的花草也是有毒的，摸不得，嗅不得；森林里蚊子大得像蜻蜓，毒虫肥得像老鼠，简直把这里描绘成一个人间地狱。但是，今天的西双版纳却“换了人间”，完全是另一番景象，另一个天地了。所谓蛮烟瘴雨，早为光天化日所代替，初升的朝阳照穿了神秘的原始密林。花显得更香，叶显得更绿，果实蔬菜显得更肥更大，风光显得更美更妙。工厂里的白烟与山中的白云流在一起，分不清哪是烟，哪是云；人们的歌声与林中的鸟声汇在一起，分不清哪是歌声，哪是鸟声。许多外地的，甚至外国的植物在这里安了家；许多外地的人也在这里安了家。十几个语言不同、信仰不同、服装不同、风俗不同的民族聚居在一个村子里，和睦融洽地生活在一起，工作在一起，像是一个大家庭。现在这里真正够得上称作人间乐园了。

在这样一个地方，青年们的眼睛特别明亮，他们把自己的理想和前途，同祖国的前途，同这个地方的前途联系起来，把这个地方当作了自己的家乡，这也是很自然的事情了。

从前，在离开这里不远的思茅，流行着两句话：“要下思茅坝，先把老婆嫁。”但是，今天，我们这群来参观访问的人，都一致同意把它改成：“要到思茅来，先把老婆带。”我们兴奋地相约：十年后，二十年后，我们一定要再回西双版纳来。到了那时候，西双版纳不知道究竟会美丽奇妙到什么程度。我希望，到了那时候，我能够写出比现在好的礼赞来。

1962 年 8 月

观秦兵马俑

好像从地下涌出来一样，千军万马的兵马俑一个个英姿勃发地突然站立在大地上。说是千军万马，绝不是夸大之词。仅就已知的俑的数目来看，足足够编成一个现代化的师。有待于发现的还没有计算在内。

你说这是一个奇迹吗？我同意。这几乎是全世界到中国来参观兵马俑的外国朋友的一致的意见，他们中间有的人甚至说，秦兵马俑这一个奇迹超过了举世闻名的万里长城。但是，同时我也可以不同意。我们伟大的祖国是文明古国。在现在的九百多万平方公里的土地上，十亿人口正在从事于万马奔腾的社会主义现代化的伟大建设工作。这是地面上的奇迹，是明明白白地摆在光天化日之下的，是人们都能够看到的。但是在地下呢？谁也说不清楚，究竟还有多少像秦兵马俑这样的奇迹暂时还埋藏在那里。就连邻近兵马俑的地带，地下情况我们也还不很清楚，何况是这样辽阔的大地呢？

在兵马俑没有涌出来以前，想来地面上也不过是一片青青的庄稼，或者一片荒烟蔓草。这一块土地，同另外任何一块土地完全是一模一样的。两千多年以来，不知道有多少人脚踩过这一块土地，也许在上面种过庄稼，种过菜，栽过树，养过花；也许在上面盖过房子，修过花园。谁也不会想到，就在自己的脚下，竟埋藏着这样多这样神奇的国宝。中国古人有一句现成的话说："地不爱宝。"现在也许是大地忽然不再爱这些宝贝了，于是兵马俑这样的国宝就一下子涌到地面上来了。

今天我们不远千里来到这里，无非是想看一看这些国宝，这些奇迹。一路之上，从西安城一直到这里，看到的当然都是地面上的东西。车过秦始皇陵，看到一个高高的土丘，上面郁郁葱葱，长满了石榴树。因为天气不好，骊山只剩下一片影子，黑魆魆地扑人眉宇。田地里长满了青青的蔬菜，间或也能看到麦苗。麦苗长得还很矮小，但却青翠茁壮。在骊山的阴影压迫之下，这麦苗显得更加青翠，逗人喜爱。

但是在西安引人注意的却不是这些青翠茁壮的麦苗。西安是一个最容易让人发思古之幽情的地方。只要一看到秦始皇陵和骊山，人们的思潮就会冲决这两个地方，向外扩散。我现在正是这样。我的心思仿佛长上了翅膀，连绵起伏，奔腾流泻。看到半坡，我自然就想到了蒙昧远古的祖先。接着想到的是我们汉族公认的始祖轩辕黄帝，他的陵墓距离西安不算太远。骊山当然让我想到周幽王和骊姬。始皇陵里埋着妇孺皆知的秦始皇。茂陵是汉武帝的陵墓。这一位雄才大略的大皇帝把自己的大将和大臣都埋葬在身边，霍去病和卫青的墓都在茂陵附近。这两个杰出的年轻的大将军在死后还在赤胆忠心地保卫着自己的主子。

至于唐代，那遗迹更是到处可见。很多地方都与中国文学史上一些非常显赫的诗人的名字联系在一起。抬头一看，低头一想，无一不让你想到唐代诗歌的黄金时代，想到一些脍炙人口的诗句。这里简直是诗歌的王国，是幻想的天堂，是天上彩虹的故乡，是人间真情的宝库。走过灞桥，我怎能会不想到当年折柳赠别的那一些名句和那种依依不舍的友情呢？看到蓝田这个地名，我自然就想到了王维的辋川别业，想到那些意境幽远的短诗。终南山抬头就能够见到，一看到终南山：

终南阴岭秀，
积雪浮云端。
林表明霁色，
城中增暮寒。

吟咏这首诗的声音，就在我耳边响起。车子驰过城西北的那一些原，我不由自主地低吟：

五陵北原上，
万古青蒙蒙。

走过咸阳桥，杜甫的名句：

耶娘妻子走相送，
尘埃不见咸阳桥。

自然就在我耳边响起。我仿佛看到在滚滚的黄尘中唐代出征军人的身影，他们的父母妻子把臂牵袂，痛哭相送。一走过渭水——

秋风生渭水，
落叶满长安。

这样的诗句马上把我带到了长安的深秋中，身上感到一阵阵的凉意。一想到秋天，我马上就想到春天。

云里帝城双凤阙，
雨中春树万人家。

这样春雨中的情景立刻就把千树万树枝头滴着红雨的杏花带到我眼前来，我身上感到一阵阵的湿意。从帝城我联想到大明宫：

九天阊阖开宫殿，
万国衣冠拜冕旒。

我仿佛亲眼看到当年世界的首都长安的情景，大街上熙熙攘攘，挤满了人，在黄皮肤的人群中夹杂着不少皮肤或白或黑、衣着怪异、语言奇特的外国学者、商人、僧侣、外交官。

……

总之，在我乘车驶向秦俑馆的路上，我眼前幻影迷离，心头忆念零乱，耳旁响着吟诗声，嘴里念着美妙的诗句，纵横八百里，上下数千年，浮想联翩，心潮腾涌。我以前在任何时候任何地方都没有过这样复杂的感情，我是既愉快，又怅惘，既兴奋，又冷静，中间还掺杂上一点似乎是骄傲的意味。

就这样，转眼之间，我们已经到了秦兵马俑馆。

所谓兵马俑馆，是一个硕大无比的大厅，目测至少有几个足球场大。在进入大厅之前，我们先参观了大厅旁边的一间小厅，中间陈列着正在修复中的一辆铜车、四匹铜马。四匹铜马神采奕奕，仿佛正在努力拉着铜车奔驰。一个铜军官坐在车上，驾驭着这四匹马。看到这样精致绝伦的艺术国宝，我们每个人都不禁啧啧称叹：想不到宇宙间竟有这样神奇的珍品，我心中那一点骄傲的意味不由得更加浓烈起来了。

走进了大厅，站在栏杆旁边向下面的大坑里望去，看到一排排的坑道，坑道中，前排的兵俑和马俑都成排成行地站在那里。将军俑、铠甲武士俑、骑马俑等等，好像都聚精会神地站在那里，静候命令，一个个秩序井然，纪律严明，身体笔直，一动也不动。兵俑中间间杂着一些马俑，也都严肃整齐，伫立待命。我原以为，这些兵俑都是一个模子里塑制出来的，千篇一律，不会有什么变化。但是仔细一看才发现，他们的面部表情几乎每一个都不相同：有的像是在微笑，有的像是在说话，有的光着下颔，有的留着胡子。个个栩栩如生，而又神态各异，没有发现一个愁眉苦脸的。他们好像是都衷心喜悦地为大皇帝站岗放哨。他们的“物质待遇”好像是很不错，否则怎么能个个都心满意足呢？我简直难以想象，当年的艺术家是怎样塑制这些兵马俑的。数以万计的兵马俑竟都能这样精致生动，不叫它是宇宙间一大奇迹又叫它什么呢？

我的思潮又腾涌起来，眼前幻象浮动，心头波浪翻滚。蓦地一转眼，我仿佛看到坑里的兵俑和马俑一齐跳动起来。兵俑跑在前面，在将军俑的率领下，奋勇前进。马俑紧紧地跟在后面。有的兵俑骑上马俑，放松缰绳，任马驰骋。后排坑道里那些还没有被完全挖出来的兵俑和马俑，有的只露出了头，有的露出了半身，有的直着身子，有的歪着身子，也都在那里活动起来。在这里，地面高高低低，坎坷不平。它在我眼中忽然变成了海浪，汹涌澎湃，气象万千。兵俑和马俑正从海浪中挣扎出来。有脑袋的奋勇向前。连那些没有脑袋的也顺手抓起一个脑袋，安在脖子上，骑上马俑，向前奔去；想追上前面那些成行成排的俑，一齐飞出大厅。那四匹铜马拉着铜车四马当先，所向无前。连乾陵的那两匹带翅膀的飞马也从远处赶了来，参加到飞腾的队伍中去。他们一飞出大厅，看到今天祖国已经换了人间，都大为惊诧与兴奋。他们大声互相说着话：“我们一睡就是几千年，今天醒来，看到河山大地花团锦簇，人民群众意气风发。我们虽然都有了一把子年纪，但是身子骨还很硬朗。我们休息了这样多年，正有用不完的劲。我们也一定要尽上一份力量，决不能落后于人。现在是大显身手的好时候了，干呀！干呀！”边说边飞，浩浩荡荡，飞向天空，飞向骊山：

骊山高处入青云，
仙乐风飘处处闻。

现在我耳边响起的不是缓歌慢奏的仙乐，而是兵马杂沓，金鼓齐鸣，这些声音汇成了三界大乐，直干青云，跟随着兵俑和马俑，把我的心也夹在了中间，飞驰掠过八百里秦川。

这八百里秦川可真是一块宝地啊！在若干千年中，我们的先民在这里胼手胝足，辛勤耕耘，才收拾出来了现在这样的锦绣河山。就拿西安这一个地方来说吧。在汉唐时期，以它那光辉灿烂的文化，吸引了成千上万的外国朋友，不远万里来到这里，或学习，或贸易，或当外交官。西安俨然成了当时世界的中心。城中盛况，依稀可以想象。这一点我在上面已经谈到。今天，又发现了数目这样多、塑制又这样精美、能同世界奇迹长城媲美的兵马俑，锦上添花，又招引来了全国各地的人士和世界各国的朋友，云集此处，都瞪大了眼睛，惊叹不置。在我们来的路上，外国朋友乘坐的车子，络绎不绝。现在在秦俑馆内，外国朋友，男女老幼，穿着五光十色的衣服，说着稀奇古怪的语言，其数目远远超过国内人民。在这样的情况下，作为一个中国人，人们会想些什么呢？别人的心思我无法揣度，我说不出；但是我自己的心思我是清楚的。我在来的路上的那一点淡淡的骄矜之意、幸福之感，现在浓烈起来了。为生为一个中国人而感到骄矜与幸福，难道不是我们共同的感觉吗？

我就是怀着这样的骄矜之意与幸福之感，依依不舍一步三回首地离开了秦俑馆的。此时天色已经渐渐地晚了下来。骊山山顶隐入一层薄薄的暮霭中。浩浩荡荡的兵俑和马俑的队伍大概已经飞越了骊山，只留下一片寂静，伴随着我驰过八百里秦川。

1982 年 10 月 29 日草稿

1982 年 11 月 16 日修改

1985 年 1 月 14 日抄出

法门寺

法门寺，多么熟悉的名字啊！京剧有一出戏，就叫作“法门寺”。其中有两个角色，让人永远忘记不了：一个是太监刘瑾，一个是他的随从贾桂。刘瑾气焰万丈，炙手可热。他那种小人得志的情态，在戏剧中表现得惟妙惟肖，淋漓尽致，是京剧中最著名的人物之一。贾桂则是奴颜婢膝，一副小人阿谀奉承的奴才相。他的“知名度”甚至高过刘瑾，几乎是妇孺皆知。“贾桂思想”这个词儿至今流传。

我曾多次看《法门寺》这一出戏，我非常欣赏演员们的表演艺术。但是，我从来也没想研究究竟有没有法门寺这样一个地方？它坐落在何州何县？这样的问题好像跟我风马牛不相及，根本不存在似的。

然而，我何曾料到，自己今天竟然来到了法门寺，而且还同一件极其重要的考古发现联系在一起了。

这一座寺院距离陕西扶风县有八九里路，处在一个比较偏僻的农村中。我们来的时候，正落着蒙蒙细雨，据说这雨已经下了几天。快要收割的麦子湿漉漉的，流露出一种垂头丧气的神情。但是在中国比较稀见的大棵大朵的月季花却开得五颜六色，绚丽多姿，告诉我们春天还没有完全过去，夏天刚刚来临。寺院还在修葺，大殿已经修好，彩绘一新，鲜艳夺目。但是整个寺院却还是一片断壁残垣，显得破破烂烂。地上全是泥泞，根本没法走路。工人们搬来了宝塔倒掉留下来的巨大的砖头，硬是在泥水中垫出一条路来。我们这一群从北京来的秀才们小心翼翼，战战兢兢地踏着砖头，左歪右斜地走到了一个原来有一座十三层的宝塔而今完全倒掉的地方。

这样一个地方有什么可看的呢？千里迢迢从北京赶来这里难道就是为了看这一座破庙吗？事情当然不会这样简单。这一座法门寺在唐代真是大大的有名，它是皇家烧香礼佛的地方。这一座宝塔建自唐代，中间屡经修葺。但是在一千多年的漫长的时间内，年深日久，自然的破坏力是无法抗御的，终于在前几年倒塌了。我们现在看到的就是倒塌后的样子。

倒塌本身按理说也用不着大惊小怪。但是，倒塌以后，下面就露出了地宫。打开地宫，一方面似乎是出人意料，另一方面又似乎是在意料之内，在这里发现了大量异常珍贵的古代遗物。遗物真可以说是丰富多彩，琳琅满目，其中有金银器皿、玻璃器皿、茶碾子、丝织品。据说，地宫初启时，一千多年以前的金器，金光闪闪，光辉夺目，参加发掘的人为之吃惊，为之振奋。最引人瞩目的是秘色瓷，实物还从来没有看到过。另外根据刻在石碑上的账簿，丝织品中有中国历史上唯一的一位女皇武则天的裙子。因为丝织品都粘在一起，还没有能打开看一看，这一条简直是充满了神话色彩的裙子究竟是什么样子。

但是，真正引起轰动的还是如来佛释迦牟尼的真身舍利。世界上已经发现的舍利为数极多，我国也有不少。但是，那些舍利都是如来佛遗体焚化后留下来的。这一个如来佛指骨舍利却出自他的肉身，在世界上从来没有过。我不是佛教信徒，不想去探索考证。但是，这个指骨舍利在十三层宝塔下面已经埋藏了一千多年，只是它这一把子年纪不就能让我们肃然起敬吗？何况它还同中国历史上和文学史上的一段公案紧密地联系在一起呢！唐朝大文学家韩愈有一篇著名的文章《论佛骨表》。千百年来，读过这篇文章的人恐怕有千百万。我自己年幼时也曾读过，至今尚能背诵。但是，我从来也没有想到，唐宪宗“令群僧迎佛骨于凤翔”的佛骨竟然还存在于宇宙间，而且现在就在我们眼前，我原以为是神话的东西就保存在我们现在来看的地宫里，虚无缥缈的神话一下子变为现实。它将在全世界引起多么大的轰动，目前还无法逆料。这一阵“佛骨旋风”会以雷霆万钧之力扫过佛教世界，这一点是肯定无疑的了。

我曾多次来过西安，我也曾多次感觉到过，而且说出来过：西安是一块宝地。在这里，中国古代文化仿佛阳光空气一般弥漫城中。唐代著名诗人的那些名篇名句，很多都与西安有牵连。谁看到灞桥、渭水等等的名字不会立即神往盛唐呢？谁走过丈八沟、乐游原这样的地方不会立即想到杜甫、李商隐的名篇呢？这里到处是诗，美妙的诗；这里到处是梦，神奇的梦；这里是一个诗和梦的世界。如今又出现了如来真身舍利。它将给这个诗和梦的世界涂上一层神光，使它同西天净土，三千大千世界联系在一起，生为西安人，生为陕西人，生为中国人有福了。

从神话回到现实。我们这一群北京秀才们是应邀来鉴定新出土的奇宝的。对我们这些凡夫俗子来说，如来真身舍利渺矣茫矣。对每一个中国人来说，古代灿烂的文化遗物却是活生生的现实。即使对于神话不感兴趣的普通老百姓，对现实却是感兴趣的。现在法门寺已经严密封锁，一般人不容易进来。但是，老百姓却有自己的想法，有自己的价值观。我曾在大街上和飞机场上碰到过一些好奇的老百姓。在大街上，两位中年人满面堆笑，走了过来：

“你是从北京来的吗？”

“是的。”

“你是来鉴定如来佛的舍利吗？”

“是的。”

“听说你们挖出了一地窖金子？！”

对这样的“热心人”，我能回答些什么呢？

在飞机场五六个年轻人一下子涌了上来：

“你们不是从北京来的吗？”

“是的。”

“听说，你们看到的那几段佛骨，价钱可以顶得上三个香港？！”

多么奇妙的联想，又是多么天真的想法。让我关在屋子里想一辈子也想不出来。无论如何，这表示，西安的老百姓已经普遍地注意到如来真身舍利的出现这一件事，街头巷尾，高谈阔论，沸沸扬扬，满城都说佛舍利了。

外国朋友怎样呢？他们的好奇心，他们的轰动，绝不亚于中国的老百姓。在新闻发布会上，一位日本什么报的记者抢过扩音器，发出了连珠炮似的问题：“这个指骨舍利是如来佛哪一只手上的呢？是左手，还是右手？是哪一个指头上的呢？是拇指，还是小指？”我们这一些“答辩者”，谁也回答不出来。其他外国记者都争着想提问，但是这一位日本朋友却抓紧了扩音器，死不放手。我绝不敢认为，他的问题提得幼稚可笑。对一个信仰佛教又是记者的人来说，他提问题是非常认真严肃的，又是十分虔诚的。据我了解到的，现在世界上许多国家，特别是日本、印度，以及南亚和东南亚佛教国家，都纷纷议论西安的真身舍利。这个消息像燎原的野火一样，已经熊熊燃烧起来了，行将见“西安热”又将热遍全球了。

就这样，我在细雨霏霏中，一边参观法门寺，一边心潮起伏，浮想联翩。多年来没有背诵的《论佛骨表》硬是从遗忘中挤了出来，我不由地一字一句暗暗背诵。同时我还背诵着：

一封朝奏九重天，
夕贬潮州路八千。
欲为圣明除弊事，
肯将衰朽惜残年？
云横秦岭家何在，
雪拥蓝关马不前。
知汝远来应有意，
好收吾骨瘴江边。

韩愈因谏迎佛骨，遭到贬逐，他的侄孙韩湘来看他，他写了这一首诗。我没有到过秦岭，更没有见过蓝关，我却仿佛看到了一个孤苦伶仃的老人，忠君遭贬，我不禁感到一阵凄凉。此时月季花在雨中别具风韵，法门寺的红墙另有异彩。我幻想，再过三五年，等到法门寺修复完毕，十三级宝塔重新矗立之时，此时冷落僻远的法门寺前，将是车水马龙，摩肩接踵，与秦俑馆媲美了。

1987 年 8 月 26 日

登蓬莱阁

去年，也是在现在这样的深秋时分，我曾来登过一次蓬莱阁。当时颇想写点什么；只是由于印象不深，自己也仿佛没有进入“角色”，遂致因循拖延，终于什么也没有写。现在我又来登蓬莱阁了，印象当然比去年深刻得多，自己也好像进入了“角色”，看来非写点什么不行了。

蓬莱阁是非常出名的地方，也可以说是“蓬莱大名垂宇宙”吧。我在来到这里以前，大概是受蓬莱三山传说的影响，总幻想这里应该是仙山缥缈，白云缭绕，仙人宫阙隐现云中，是洞天福地，蓬莱仙境，不食人间烟火。至少应该像《西游记》描绘镇元大仙的万寿山那样：

> 高山峻极，大势峥嵘。根接昆仑脉，顶摩霄汉中。白鹤每来栖桧柏，玄猿时复挂藤萝。……麋鹿从花出，青鸾对日鸣。乃是仙山真福地，蓬莱阆苑只如此。

然而，眼前看到的却不是这种情况。只不过是一些人间的建筑，错综地排列在一个小山头上。我颇有一些失望之感了。

既然是在人间，当然只能看到人间的建筑。从这个标准来看，蓬莱阁的建筑还是挺不错的：碧瓦红墙，崇楼峻阁，掩映于绿树丛中。这情景也许同我们凡人更接近，比缥缈的仙境更令人赏心悦目。一进入嵌着“丹崖仙境”四个大字的山门，就算是进入了仙境。所谓“丹崖”，指的是此地多红石，现在还有四大块红石耸立在一个院子里面。这几块石头不是从别的地方搬来的，而是与大地紧紧地连在一起，原来是大地的一部分，其名贵也许就在这里吧。

进入天后宫的那一层院子，最引人注目的还不是天后的塑像和她那两间精致的绣房中的床铺，而是那一株古老的唐槐。这一棵树据说是铁拐李种下的，它在这仙境里已经生活了一千多年了，虽然还没有“霜皮溜雨四十围，黛色参天二千尺”；但是老态龙钟，却又枝叶葱茏，浑身仙风道骨，颇有一点非凡的气概了。我想，一看到这样一棵古树，谁也会引起一些遐思：它目睹过多少朝代的更替，多少风流人物的兴亡，多少度沧海桑田，多少次人事变幻，到现在依然青春永葆，枝干挺秀。如果树也有感想的话，难道它不应该大大地感喟一番吗？我自己却真是感慨系之，大有流连徘徊不忍离去之意了。

回头登上台阶，就是天后宫正殿。正中塑着天后的像，俨然端坐在上面。天后是海神。此地近海，渔民天天同海打交道；大海是神秘难测的，它有波平浪静的一面，但也有波涛汹涌的一面。自古以来，不知道有多少渔民葬身波涛之中。他们迫不得已，只好乞灵于神道，于是就出现了天后。我们南海一带都祭祀天后。在这个端庄美丽的女神后边，不知道包含着多少血泪悲剧啊！在我上面提到的左右两间绣房中，床上的被褥都非常光鲜美丽。据说，天后有一个习惯：她轮流在两间屋子里睡觉。为什么这样？其中定有道理。但这是神仙们的事，我辈凡夫俗子还是以

少打听为妙，还是欣赏眼前的景色吧！

到了最后一层院子，才真正到了蓬莱阁。阁并不高，只有两层。过去有诗人咏道："登上蓬莱阁，伸手把天摸。"显然是有点夸张。但是，一登上二楼，举目北望，海天渺茫，自己也仿佛凌虚御空，相信伸手就能摸到天，觉得这两句诗绝非夸张了。谁到这里都会想到蓬莱三山的传说，也会想到刻在一个院子里两边房墙上的四句话：

登上蓬莱阁，
人间第一楼。
云山千里目，
海岛四时秋。

现在不正是这样子吗？我自己也真感觉到，三山就在眼前，自己身上竟飘飘有些仙气了。

多少年来就传说，八仙过海正是从这里出发的。阁上有八仙的画像，各自手中拿着法宝，各显神通，越过大海。八仙中最引人注目的当然是吕洞宾。提起此仙，大大有名。全国许多地方都有关于他的神话传说。据说，吕洞宾并不姓吕。有一天，他同妻子到山洞里去逃难，这两口子住在洞中，相敬如宾，于是他就姓了吕，而名洞宾。这个故事很有趣，但也很离奇，颇难置信。可是，我觉得，这同天后的床铺一样，是神仙们的私事，我辈凡夫俗子还是以少谈为妙，且去欣赏眼前的景色吧！

眼前景色是美丽而有趣的。我们在楼上欣赏窗外的景色。楼中间围着桌子摆了许多把古色古香的椅子，正中一把太师椅，据说是吕洞宾坐过的；谁要坐上，谁就长生不老。我们中吕叔湘先生年高德劭，又适姓吕，于是就被大家推举坐上这一把太师椅，大家哄然大笑。我们虔心祷祝吕先生真能长生不老！

在这楼上，人人看八仙，人人说八仙，人人听八仙，人人不信八仙，八仙确实是太渺茫无稽了。但是，从这里能看到海市蜃楼却是真实的。我从前从许多书上，从许多人的嘴里读到、听到过海市的情景，心向往之久矣。只是海市极难看到。宋朝的大文学家苏轼，曾在登州做过五天的知府。他写过一首诗，叫作《登州海市》，还有一篇短短的序言，我现在抄一下：

予闻登州海市旧矣。父老云："尝出于春夏，今岁晚，不复见矣。"予到官五日而去，以不见为恨，祷于海神广德王之庙，明日见焉，乃作此诗。

东方云海空复空，群仙出没空明中。
荡摇浮世生万象，岂有贝阙藏珠宫。
心知所见皆幻影，敢以耳目烦神工。
岁寒水冷天地闭，为我起蛰鞭鱼龙。
重楼翠阜出霜晓，异事惊倒百岁翁。
人间所得容力取，世外无物谁为雄。
率然有请不我拒，信我人厄非天穷。
潮阳太守南迁归，喜见石廪堆祝融。
自言正直动山鬼，岂知造物哀龙钟。
伸眉一笑岂易得，神之报汝亦已丰。
斜阳万里孤鸟没，但见碧海磨青铜。
新诗绮语亦安用，相与变灭随东风。

在这里，苏东坡自己说，祷祝成功，海市出现。但是，给我们导游的那个小姑娘却说，苏轼大概没有看到海市：因为他待的时间很短，而且是岁暮天寒之际。究竟相信谁的话呢？我有点怀疑，苏轼是故弄玄虚，英雄欺人。他可能是受了韩愈祝祷衡山的影响："潜心默祷若有应，岂非正直能感通，须臾静扫众峰出，仰见突兀撑青空。"他的遭遇同韩文公差不多，他们俩都认为自己是"正直"的。韩文公能祝祷成功（实际上也未必），为什么自己就不行呢？于是就写了这样一首诗，写得有鼻子有眼，仿佛亲眼看到一般。但是，这只是我个人的怀疑。又焉知苏轼的祝祷不会适与天变偶合，海市在不应该出现的时候出现了呢？我实在说不清楚。古人的事情今人实在难以判断啊！反正登州人民并不关心这一切，尽管苏轼只在这里待了五天，他们还是在蓬莱阁上给他立庙塑像，把他的书法刻在石头上，以垂永久。苏轼在天有灵，当然会感到快慰吧。

我们游遍了蓬莱阁，抚今追昔，幻想迷离。八仙的传说，渺矣，茫矣。海市蜃楼又急切不能看到，我心里感到无名的空虚。在我内心的深处，我还是执着地希望，在蓬莱阁附近的某一个海中真有那么一个蓬莱三山。谁都知道，在大自然中确实没有三山的地位。但是，在我的想象中，我宁愿给蓬莱三山留下一个位置。"山在虚无缥缈间"，就让这三山同海市蜃楼一样，在虚无缥缈间永远存在下去吧，至少在我的心中。

1985 年 10 月 26 日写完

雾

浓雾又升起来了。

近几天以来，我早晨起床后第一件事就是推开窗子，欣赏外面的大雾。

我从来没有喜欢过雾。为什么现在忽然喜欢起来了呢？这其中有一点因缘。前天在飞机上，当飞临西藏上空时，机组人员说，加德满都现在正弥漫着浓雾，能见度只有一百米，飞机降落怕有困难，加德满都方面让我们飞得慢一点。我当时一方面有点担心，害怕如果浓雾不消，我们将降落何方？另一方面，我还有点好奇：加德满都也会有浓雾吗？但是，浓雾还是消了，我们的飞机按时降落在尼泊尔首都机场，机场上阳光普照。

因此，我就对雾产生了好奇心和兴趣。

抵达加德满都的第二天凌晨，我一起床，推开窗子：外面是大雾弥天。昨天下午我们从加德满都的大街上看到城北面崇山峻岭，层峦叠嶂，个个都戴着一顶顶的白帽子，这些都是万古雪峰，在阳光下闪出了耀眼的银光。这是我生平第一次看到这种景象，我简直像小孩子一般的喜悦。现在大雾遮蔽了一切，连那些万古雪峰也隐没不见，一点影子也不给留下。旅馆后面的那几棵参天古树，在平常时候，高枝直刺入晴空，现在只留下淡淡的黑影，衬着白色的大雾，宛如一张中国古代的画。昨天抵达旅馆下车时，我看到一个尼泊尔妇女背着一筐红砖，倒在一大堆砖上。现在我看到一个男子，手里拿着一堆红红的东西。我以为他拿的也是红砖，但是当他走得近了一点时，我才发现那一堆红红的东西簌簌抖动，原来是一束束红色的鲜花。我不禁自己笑了起来。

正当我失神落魄地自己暗笑的时候，忽然听到不知从哪里传来了咕咕的叫声。浓雾虽然遮蔽了形象，但是却遮蔽不住声音。我知道，这是鸽子的声音。当我倾耳细听时，又不知从哪里传来了阵阵的犬吠声。这都是我意想不到的情景。我万万没有想到，我在加德满都开始喜欢的两种动物——鸽子和狗，竟同时都在浓雾中出现了。难道浓雾竟成了我在这个美丽的山城里学会欣赏的第三件东西吗？

世界上，喜欢雾的人似乎是并不多的。英国伦敦的大雾是颇有一点名气的。有一些作家写散文、写小说来描绘伦敦的雾，我们读起来觉得韵味无穷。对于尼泊尔文学我所知甚少，我不知道，是否也有尼泊尔作家专门写加德满都的雾。但是，不管是在伦敦，还是在加德满都，明目张胆大声赞美浓雾的人，恐怕是不会多的，其中原因我不甚了了，我也没有那种闲情逸致去钻研探讨。我现在在这高山王国的首都来对浓雾大唱赞歌，也颇出自己的意料。过去我不但没有赞美过雾，而且也没有认真去观察过雾。我眼前是由赞美而达到观察，由观察而加深了赞美。雾能把一切东西：美的、丑的、可爱的、不可爱的，一塌括子都给罩上一层或厚或薄的轻纱，让清楚的东西模糊起来，从而带来了另外一种美，一种在光天化日之下看不到的美，一种朦胧的美，一种模糊的美。

一些时候以前，当我第一次听到模糊数学这个名词的时候，我曾说过几句怪话：数学比任何科学都更要求清晰，要求准确，怎么还能有什么模糊数学呢？后来我读了一些介绍文章，逐渐了解了模糊数学的内容。我一反从前的想法，觉得模糊数学真是一个了不起的发现。在人类社会中，在日常生活中，在社会科学和自然科学中，有着大量模糊的东西。无论如何也无法否认这些东西的模糊性。承认这个事实，对研究学术和制定政策等等都是有好处的。

在大自然中怎样呢？在大自然中模糊不清的东西更多。连审美观念也不例外。有很多东西，在很多时候，朦胧模糊的东西反而更显得美。月下观景，雾中看花，不是别有一番情趣在心头吗？在这里，观赏者有更多的自由，自己让自己的幻想插上翅膀，上天下地，纵横六合，神驰于无何有之乡，情注于自己制造的幻象之中；你想它是什么样子，它立刻就成了什么样子，比那些一清见底、纤毫不遗的东西要好得多。而且绝对一清见底、纤毫不遗的东西，在大自然中是根本不存在的。

我的幻想飞腾，忽然想到了这一切。我自诧是神来之笔，我简直陶醉在这些幻象中了。这时窗外的雾仍然稠密厚重，它似乎了解了我的心情，感激我对它的赞扬。它无法说话，只是呈现出更加美妙更加神秘的面貌，弥漫于天地之间。

1986 年 11 月 26 日

琼楼玉宇，高处不胜寒

阿格拉是有名的地方，有名就有在泰姬陵。世界舆论说，泰姬陵是不朽的，它是世界上多少多少奇之一。而印度朋友则说：“谁要是来到印度而不去看泰姬陵，那么就等于没有来。”

我前两次访问印度，都到泰姬陵来过，而且两次都在这里过了夜。我曾在朦胧的月色中来探望过泰姬陵。整个陵寝在月光下幻成了一个白色的奇迹。我也曾在朝暾的微光中来探望过泰姬陵，白色大理石的墙壁上成千上万块的红绿宝石闪出万点金光，幻成了一个五光十色的奇迹。总之，我两次都是名副其实地来到了印度。这一次我也决心再来；否则，我的三访印度，在印度朋友心目中就成了两访印度了。

同前两次一样，这一次也是乘汽车来的。车子下午从德里出发，一直到黄昏时分才到了阿格拉。泰姬陵的白色的圆顶已经混入暮色苍茫之中。我们也就在苍茫的暮色中找到了我们的旅馆。从外面看上去，这旅馆砖墙剥落，宛如年久失修的莫卧儿王朝的废宫。但是里面却是灯光明亮，金碧辉煌，完全是另一番景象。房间都用与莫卧儿王朝有关的一些名字标出，使人一进去，就仿佛到了莫卧儿王朝，使人一睡下，就能够做起莫卧儿的梦来。

我真的做了一夜莫卧儿的梦。第二天一大早，我们就赶到泰姬陵门外。门还没有开。院子里，大树下，弥漫着一团雾气，掺杂着淡淡的花香。夜里下过雨，现在还没有晴开。我心里稍有懊恼之意：泰姬陵的真面目这一次恐怕看不到了。

但是，突然间，雨过天晴云破处，流出来了一缕金色的阳光，照在泰姬陵的圆顶上，只照亮一小块，其余的地方都暗淡无光，独有这一小块却亮得耀眼。我们的眼睛立刻明亮起来：难道这不就是泰姬陵的真面目吗？

我们走了进去，从映着泰姬陵倒影的小水池旁走向泰姬陵，登上了一层楼高的平台，绕着泰姬陵走了一周，到处瞭望了一番。平台的四个角上，各有一座高塔，尖尖地刺入灰暗的天空。四个尖尖的东西，衬托着中间泰姬陵的圆顶那个圆圆的东西，两相对比，给人一种奇特的美。我想不出一个适当的名词来表达这种美，就叫它几何的美吧。后面下临阎牟那河。河里水流平缓，有一个不知什么东西漂在水里面，一群秃鹫和乌鸦趴在上面啄食碎肉。秃鹫们吃饱了就飞上栏杆，成排地蹲在那里休息，傲然四顾，旁若无人。

我们就带着这些斑驳陆离的印象，回头来看泰姬陵本身。我怎样来描述这个白色的奇迹呢？我脑筋里所储存的一切词汇都毫无用处。我从小念的所有的描绘雄伟的陵墓的诗文，也都毫无用处。“碧瓦初寒外，金茎一气旁。山河扶绣户，日月近雕梁。”多么雄伟的诗句呀！然而，到了这里却丝毫也用不上。这里既无绣户，也无雕梁。这陵墓是用一块块白色大理石堆砌起来的。但是，无论从远处看，还是从近处看，却丝毫也看不出堆砌的痕迹，它浑然一体，好像是一块完整的大理石。多少年来，我看过无数的泰姬陵的照片和绘画；但是却没有看到有任何一幅真正地照出、画出泰姬陵的气势来的。只有你到了泰姬陵跟前，站在白色大理石铺的地上，眼里看到的是纯白的大理石，脚下踩的是纯白的大理石，陵墓是纯白的大理石，栏杆是纯白的大理石，四个高塔也是纯白的大理石。你被裹在一片纯白的光辉中，翘首仰望，纯白的大理石墙壁有几十米高，仿佛上达苍穹。在这时候，你会有什么样的感觉，我不知道。反正我自己仿佛给这个白色的奇迹压住了，给这纯白的光辉网牢了，我想到了苏东坡的词："琼楼玉宇，高处不胜寒。"我自己仿佛已经离开了人间，置身于琼楼玉宇之中。有人主张，世界上只有阴柔之美与阳刚之美。把二者融合起来成为浑然一体的那种美，只应天上有。我眼前看到的就是这种天上的美。我完全沉浸在这种美的享受中，忘记了时间的推移。等到我从这琼楼玉宇中回转来时，已经是我们应该离开的时候了。

从泰姬陵到红堡是一条必由之路，我们也不例外。到了红堡，限于时间我们只匆匆地走了一转。莫卧儿王朝的这一座故宫，完全是用红砂岩筑成的。如果说泰姬陵是白色的奇迹的话，那么这里就是红色的奇迹。但是，我到了这里，最关心的却是一块小小的水晶。据说，下令修建泰姬陵的沙扎汗，晚年被儿子囚了起来。他本来还准备在阎牟那河这一边同河对岸泰姬陵遥遥相对的地方，修建一座完全用黑色大理石砌成的陵墓，如果建成的话，那将是一个不折不扣的黑色的奇迹。然而在这黑色的奇迹出现以前，他就失去了自由，成为自己儿子的阶下囚。他天天坐在红堡的一个走廊上，背对着泰姬陵，凝神潜思，忍忧含悲，目不转睛地注视着镶嵌在一个柱子上的那一块水晶，里面反映出整个泰姬陵的影像。月月如此，天天如此，这位孤独的老皇帝就这样度过了他的残生。

这个故事很有些浪漫气息。几百年来，也打动了千千万万好心人的心弦，滴下了无数的同情之泪。但是，我却是无泪可滴。我上一次来的时候，印度朋友曾告诉过我，就在这走廊下面那一片空地上，莫卧儿皇帝把囚犯弄了来，然后放出老虎，让老虎把人活活地吃掉。他们坐在走廊上怡然欣赏这一幕奇景。这样的人，即使被儿子囚了起来，我难道还能为他流下什么同情之泪吗？这样的人，即使对死去的爱姬有那么一点情意，这种情意还值得几文钱呢？我正在胡思乱想的时候，红堡城墙下长着肥大的绿叶子的树丛中，虎皮鹦鹉又叽叽喳喳叫了起来。这种鸟在中国是会被当作珍禽装在精致的笼子里来养育的。但是在阿格拉，却多得像麻雀。有那么一个皇帝，再加上这些叽叽喳喳的虎皮鹦鹉，我的游兴已经索然了。那些充满了浪漫气氛的故事对于我已经毫无吸引力了。

我走下了天堂，回到了现实。人间和现实是充满了矛盾的；但是它们又确实是美的。就是在阿格拉也并非例外。二十七年前，当我第一次到阿格拉来的时候，我在旅馆中遇到的一件小事，却使我忆念难忘。现在，当我离开了泰姬陵走下天堂的时候，我不由得又回忆起来。

我们在旅馆里看一个贫苦的印度艺人让小黄鸟表演识字的本领。又看另一个艺人让眼镜蛇与獴决斗。两个小动物都拼上命互相搏斗，大战了几十回合，还不分胜负。正在看得入神的时候，我瞥见一个印度青年在外面探头探脑。他的衣着不像一个学生，而像一个学徒工。我没有多加注意，仍然继续观战。又过了不知多少时候，我又一抬头，看到那个青年仍然站在那里，我立刻走出去。那个青年猛跑了几步，紧紧地抓住了我的手，我感觉到他的手有点颤抖。他递给我一个极小的小盒，透过玻璃罩可以看到，里面铺的棉花上有一粒大米。我真有点吃惊了。这一粒大米有什么意义呢？青年打开小盒，把大米送到我眼底下，大米上写着“印中友谊万岁”几个字，只能用放大镜才能看得清楚。他告诉我，他是一个学徒工，最热爱新中国，但却从来没有机会接触一个中国人。听说我们来了，他便带了大米来看我们。从早晨等到现在，中午早已过了。

但是几次被人撵走。现在终于见到中国朋友了，他是多么兴奋啊！我接过了小盒，深深地被这个淳朴的青年感动了。我握住了他的手，心里面思绪万千，半天没有说出话来。我一直目送这个青年的背影消失在大街上熙熙攘攘的人群中，才转回身来。

泰姬陵是美的，是不朽的。然而，人们心里的真挚感情不是比泰姬陵更美，更不朽吗？上面说的这件小事，到现在，已经过了二十七年，在人的一生中，二十七年是一段漫长的时间，可是，不管我什么时候想起这件小事，那个学徒工的影像就栩栩如生地浮现在我的眼前。现在他大概都有四五十岁了吧。中间沧海桑田，世间多变。但是我却不相信，他会忘掉我，会忘掉中国，正如我不会忘掉他一样。据我看，这才是真正的美，真正的不朽。是美的、不朽的泰姬陵无法比拟的美，无法比拟的不朽。

1978 年

幸得诸君忆

有朋友，则众志成城，鲜有不胜利者。

我记忆中的老舍先生

老舍先生含冤逝世已经二十多年了。在这一段相当长的时间内，我经常想到他，想到的次数远远超过我认识他以后直至他逝世的三十多年。每次想到他，我都悲从中来。我悲的是中国失去一个热爱祖国、热爱人民的正直的大作家，我自己失去一位从年龄上来看算是师辈的和蔼可亲的老友。目前，我自己已经到了晚年，我的内心再也承受不住这一份悲痛，我也不愿意把它带着离开人间。我知道，原始人是颇为相信文字的神秘力量的，我从来没有这样相信过。但是，我现在宁愿做一个原始人，把我的悲痛和怀念转变成文字，也许这悲痛就能突然消逝掉，还我心灵的宁静，岂不是天大的好事吗？

我从高中时代起，就读老舍先生的著作，什么《老张的哲学》《赵子曰》《二马》，我都读过。到了大学以后，以及离开大学以后，只要他有新作出版，我一定先睹为快，什么《离婚》《骆驼祥子》等等，我都认真读过。最初，由于水平的限制，他的著作我不敢说全都理解。可是我总觉得，他同别的作家不一样。他的语言生动幽默，是地道的北京话，间或也夹上一点山东俗语。他没有许多作家那种忸怩作态让人读了感到浑身难受的非常别扭的文体，一种新鲜活泼的力量跳动在字里行间。他的幽默也同林语堂之流的那种着意为之的幽默不同。总之，老舍先生成了我毕生最喜爱的作家之一，我对他怀有崇高的敬意。

但是，我认识老舍先生却完全出于一个偶然的机会。三十年代初，我离开了高中，到清华大学来念书。当时老舍先生正在济南齐鲁大学教书。济南是我的老家，每年暑假，我都回去。李长之是济南人，他是我的唯一的一个小学、中学、大学“三连贯”的同学。有一年暑假，他告诉我，他要在家里请老舍先生吃饭，要我作陪。在旧社会，大学教授架子一般都非常大，他们与大学生之间宛然是两个阶级。要我陪大学教授吃饭，我真有点儿受宠若惊。及至见到老舍先生，他却全然不是我心目中的那种大学教授。他谈吐自然，蔼然可亲，一点架子也没有，特别是他那一口地道的京腔，铿锵有力，听他说话，简直就像是听音乐，是一种享受。从那以后，我们就算是认识了。

以后是激烈动荡的几十年。我在大学毕业以后，在济南高中教了一年国文，就到欧洲去了，一住就是十一年。中国胜利了，我才回来，在南京住了一个暑假。夜里睡在国立编译馆长之的办公桌上；白天没有地方待，就到处云游，什么台城、玄武湖、莫愁湖等等，我都游了一个遍。老舍先生好像同国立编译馆有什么联系，我常从长之口中听到他的名字。但是没有见过面。到了秋天，我也就离开了南京，乘海船绕道秦皇岛，来到北平。

以后又是更为激烈震荡的三年。用美式装备武装到牙齿的国民党反动军队，被彻底消灭，蒋介石一小撮逃到台湾去了。中国人民苦斗了一百多年，终于迎来解放的春天。我们这一群知识分子都亲身感受到，我们确实已经站起来了。就在这样的情况下，我在当时所谓的故都又会见了老舍先生，距上第一次见面已经有二十多年了。

我现在已经记不清楚我们重逢时的情景。但是我却清晰地记得五十年代初期召开的一次汉语规范化会议时的情景。当时语言学界的知名人士以及曲艺界的名人都被邀请参加，其中有侯宝林、马增芬姊妹等等。老舍先生、叶圣陶先生、罗常培先生、吕叔湘先生、黎锦熙先生等等都参加了。这是新中国成立后语言学界的第一次盛会。当时还没有达到会议成灾的程度，因此大家的兴致都很高，会上的气氛也十分亲切融洽。

有一天中午，老舍先生忽然建议，要请大家吃一顿地道的北京饭。大家都知道，老舍先生是地道的北京人，他讲的地道的北京饭一定会是非常地道的，都欣然答应。老舍先生对北京人民生活之熟悉，是众所周知的。有人戏称他为“北京土地”。他结交的朋友，三教九流都有。他能一个人坐在大酒缸旁，同洋车夫、旧警察等旧社会的“下等人”，开怀畅饮，亲密无间，宛如亲朋旧友，谁也感觉不到他是大作家、名教授、留洋的学士。能做到这一步的，并世作家中没有第二人。这样一位老北京想请大家吃北京饭，大家的兴致哪能不高涨起来呢？商议的结果是到西四砂锅居去吃白煮肉，当然是老舍先生做东。他同饭馆的经理一直到小伙计都是好朋友，因此饭菜极佳，服务周到。大家尽兴地饱餐了一顿。虽然是一顿简单的饭，然而却令人毕生难忘。当时参加宴会今天还健在的叶老、吕先生大概还都记得这一顿饭吧。

还有一件小事，也必须在这里提一提。忘记是哪一年了，反正我还住在城里翠花胡同没有搬出城外。有一天，我到东安市场北门对门的一家著名的理发馆里去理发，猛然瞥见老舍先生也在那里，他正躺在椅子上，下巴上白乎乎的一团肥皂泡沫，正让理发师刮脸。这不是谈话的好时机，只寒暄了几句，就什么也不说了。等我坐在椅子上时，从镜子里看到他跟我打招呼，告别，看到他的身影走出门去。我理完发要付钱时，理发师说，老舍先生已经替我付过了。这样芝麻绿豆的小事殊不足以见老舍先生的精神，但是，难道也不足以见他这种细心体贴人的心情吗？

老舍先生的道德文章，光如日月，巍如山斗，用不着我来细加评论，我也没有那个能力。我现在写的都是一些小事。然而小中见大，于琐细中见精神，于平凡中见伟大，豹窥一斑，鼎尝一脔，不也能反映出老舍先生整个人格的一个缩影吗？

中国有一句俗话："好死不如赖活着。"这一句话道出了一个真理：一个人除非万不得已，绝不会自己抛掉自己的生命。印度梵文中"死"这个动词，变化形式同被动态一样。我一直觉得非常有趣，非常有意思。印度古代语法学家深通人情，才创造出这样一个形式。死几乎都是被动的，有几个人主动地去死呢？老舍先生走上自沉这一条道路，必有其不得已之处。有人说，人在临死前总会想到许多许多东西的，他会想到自己的一生的。可惜我还没有这个经验，只能在这里胡思乱想。当老舍先生徘徊在湖水岸边决心自沉时，眼望湖水茫茫，心里悲愤填膺，唤天天不应，唤地地不答，悠悠天地，仿佛只剩下自己孤身一人，他会想到自己的一生吧！这一生是忠诚于祖国、忠诚于人民的一生，然而到头来却落到这等地步。为什么呢？究竟是为什么呢？如果自己留在美国不回来，著书立说，优游自在，洋房、汽车、声名禄利，无一缺少，舒舒服服地过一辈子，说不定能寿登耄耋，富埒王侯。他不是为了热爱自己的祖国母亲，才毅然历尽艰辛回来的吗？是今天祖国母亲无法庇护自己那远方归来的游子了呢，还是不愿意庇护了呢？我猜想，老舍先生决不会埋怨自己的祖国母亲，祖国母亲永远是可爱的，在任何情况下都是可爱的。他也决不会后悔回来的。但是，他确实有一些问题难以理解，他只有横下一条心，一死了之。这样的问题，我们今天又有谁能够理解呢？我想，老舍先生还会想到自己院子里种的柿子树和菊花，他当然也会想到自己的亲人，想到自己的朋友。所有这一些都是十分美好可爱的。对于这一些，难道他就一点也不留恋吗？绝不会的，绝不会的。但是，有一种东西哽在他的心中，像大毒蛇缠住了他，他只能纵身一跳，投入波心，让弥漫的湖水给自己带来解脱了。

两千多年以前，屈原自沉于汨罗江。他行吟泽畔，心里想的恐怕同老舍先生有类似之处吧。他想到："蝉翼为重，千钧为轻；黄钟毁弃，瓦釜雷鸣。"他又想到："世人皆浊我独清，众人皆醉我独醒。"难道老舍先生也这样想过吗？这样的问题，有谁能够答复我呢？恐怕到了地球末日，也没有人能答复了。我在泪眼模糊中，看到老舍先生戴着眼镜，在和蔼地对我笑着；我耳朵里仿佛听到了他那铿锵有节奏的北京话。我浑身颤抖，连灵魂也在剧烈地震动。

呜呼！我欲无言。

1987 年 10 月 1 日晨

我的朋友臧克家

我只是克家同志的最老的老朋友之一，我们的友谊已经有六十多年了。我们中国评论一个人总是说道德文章，把道德摆在前边，这是我们中华民族优秀文化的表现之一，跟西方不一样。那么我就根据这个标准，把过去六十多年中间克家给我的印象讲一讲。

第一个讲道德。克家曾在一首诗里说过，一个叫责任感，一个叫是非感，我觉得道德应该从这地方来谈谈。是非、责任，不是小是小非，而是大是大非。什么叫大是大非呢？大是大非就是关系到我们祖国，关系到我们人民，关系到世界，也就是要拥护社会主义、拥护共产主义，这是大是大非。我觉得责任也在这个地方，克家在过去七十多年中间，尽管我们国内的局势变化万千，可是克家始终没有落伍，能够跟得上我们时代的步伐，我觉得这是非常难得的。这就是大是大非，就是重大的责任。我觉得从这地方来看，克家是一个真正的人。至于个人，他给我的印象是一个像火一样热情的诗人，对朋友忠诚可靠，终生不渝，这也是非常难得的。关于道德，我就讲这么几句。

关于文章呢，这就讲外行话了。当年我在清华大学念书，就读到克家的《烙印》《罪恶的黑手》。我不是搞中国文学的，但我有个感觉就是克家作诗受了闻一多先生的影响。我一直到今天，作为一个诗的外行来讲，我觉得作诗、写诗，既然叫诗，就应该有形式。那种没形式的诗，愧我不才，不敢苟同。克家一直重视诗，我觉得这里边有我们中国文化的传统。我们中国的语言有一个特点，就是讲炼字、炼句，这个问题，在欧洲也不能说没有，不过不像中国这么普遍，这样深刻。过去文学史上传来许多佳话，像“云破月来花弄影”那个“弄”字，“红杏枝头春意闹”那个“闹”字，“春风又绿江南岸”那个“绿”字。可惜的是炼字这种功夫现在好像一些年轻人不大注意了。文字是我们写作的工具。我们写诗、写文章必须知道我们使用的工具的特点。莎士比亚用英文写作，英文就是他的工具。歌德用德文写作，德文就是他的工具。我们使用汉字，汉字就是我们的工具。可现在有些作家，特别是诗人，忘记了他的工具是汉字。是汉字，就有炼字、炼句的问题，这一点不能不注意。克家呢，我觉得他一生在这方面倾注了很多的心血，而且获得了很大的成功。克家的诗我都看过，可是我不敢赞一词，我只想从艺术性来讲。我觉得克家对这方面非常重视。这个问题非常重要。我因此就想到一个问题，可这个问题太大了，但我还想讲一讲。我觉得我们过去多少年来研究中国文学史，特别是古典文学，好像我们对政治性重视，这个应该。可是对艺术性呢，我觉得重视得很不够。大家打开今天的文学史看看，讲政治性，讲得好像最初也不是那么深刻，一看见“人民”这样的词，类似“人民”这样的词，就如获至宝；对艺术性，则三言两语带过，我觉得这是很不妥当的。一篇作品，不管是诗歌还是小说，艺术性跟思想性总是辩证统一的，强调一方面，丢掉另外一方面是不全面的。因此我想到，是不是我们今天研究文学的，应该在艺术性方面更重视一点。我甚至想建议：重写我们的文学史。现在流行的许多文学史都存在着我说的这个毛病。我觉得，真正的文学史不应该是这个样子。

我祝我的老朋友克家九十、一百、一百多、一百二十，他的目的是一百二十，所以我想祝他长寿！健康！

1994 年 10 月 18 日

回忆梁实秋先生

我认识梁实秋先生，同他来往，前后也不过两三年，时间是很短的。但是，他留给我的回忆却是很长很长的。分别之后，到现在已经四十年了。我仍然时常想到他。

1946年夏天，我在离开了祖国十一年之后，受尽了千辛万苦，又回到了祖国怀抱，到了南京。当时刚刚打败了日本侵略者，国民党的劫收大员正在全国满天飞，搜刮金银财宝，兴高采烈。我这一介书生，“无条无理”，手里没有几个钱，北京大学还没有开学，拿不到工资，住不起旅馆，只好借住在我小学同学李长之在国立编译馆的办公室内。他们白天办公，我就出去游荡，晚上回来，睡在办公桌上。早晨一起床，赶快离开。国立编译馆地处台城下面，我多半在台城上云游。什么鸡鸣寺、胭脂井，我几乎天天都到。再走远一点，出城就到了玄武湖。山光水色，风物怡人。但是我并没有多少闲情逸致观赏风景。我的处境颇像旧戏中的秦琼，我心里琢磨的是怎样卖掉黄骠马。

我这样天天游荡，梦想有朝一日自己能安定下来，有一间房子，有一张书桌。别的奢望，一点没有。我在台城上面看到郁郁葱葱的古柳，心头不由地涌出了古人的诗：

江雨霏霏江草齐，
六朝如梦鸟空啼。
无情最是台城柳，
依旧烟笼十里堤。

这里讲的仅仅是六朝。从六朝到现在，又不知道有多少朝多少代过去了。古柳依然是葱茏繁茂，改朝换代并没有影响了它们的情绪。今天我站在古柳面前，一点也没有觉得它们“无情”，我觉得它们有情得很。我天天在六月的炎阳下奔波游荡，只有在台城古柳的浓荫下才能获得片刻的清凉，让我能够坐下来稍憩一会儿。我难道不该感激这些古柳而还说三道四吗?

又过了一些时候，有一天长之告诉我，梁实秋先生全家从重庆复员回到南京了。梁先生也在国立编译馆工作。我听了喜出望外。我不认识梁先生，论资排辈，他大我十几岁，应该算是我的老师。他的文章我在清华大学读书时就读过不少，很欣赏他的文才，对他潜怀崇敬之情。万万没有想到竟在南京能够见到他。见面之后，立刻对他的人品和谈吐十分倾倒。没有经过什么繁文缛节，我们成了朋友。我记得，他曾在一家大饭店里宴请过我。梁夫人和三个孩子——文茜、文蔷、文骐，都见到了。那天饭菜十分精美，交谈更是异常愉快，给我留下了深刻的印象，至今忆念难忘。我自谓尚非馋嘴之辈，可为什么独独对酒宴记得这样清楚呢？难道自己也属于饕餮大王之列吗？这真叫作没有法子。

新中国成立前夕，实秋先生离开了北平，到了台湾，文茜和文骐留下没有走。在那个时代，有人把这一件事看得大得不得了。现在看来，也没有什么了不起的。我们今天知人论事，要抱实事求是的态度。

至于说梁实秋同鲁迅有过一些争论，这是事实。是非曲直，暂作别论。我们今天反对对任何人搞“凡是”，对鲁迅也不例外。鲁迅是一个伟大人物，这谁也否认不掉。但不能说凡是鲁迅说的都是正确的。今天，事实已经证明，鲁迅也有一些话是不正确的，是形而上学的，是有偏见的。难道因为他对梁实秋有过批评意见，梁实秋这个人就应该永远打入十八层地狱吗？

实秋先生活到耄耋之年。他的学术文章，功在人民，海峡两岸，有目共睹，谁也不会有什么异辞。我想特别提出一点来说一说。他到了老年，同胡适先生一样，并没有留恋异国，而是回到台湾定居。这充分说明，他是热爱我们祖国大地的。至于他的为人毫无架子，像对我和李长之这样年轻一代的人，竟也平等对待，态度真诚和蔼，更令人难忘。这种作风，即使不是绝无仅有，也总算是难能可贵。对我们今天已经成为前辈的人，不是很有教育意义吗？

去年，他的女儿文茜和文蔷奉父命专门来看我。我非常感动，知道他还没有忘掉我。这勾引起我回忆往事。回忆虽然如云如烟，但是感情却是非常真实的。我原期望还能在大陆见他一面，不意他竟尔仙逝。我非常悲痛，想写点什么，终未果。去年，他的夫人从台湾来北京举行追思会。我正在南京开会，没能亲临参加，只能眼望台城，临风凭吊。我对他的回忆将永远保留在我的心中，直至我不能回忆为止。我的这一篇短文，他当然无法看到了。但是，我仿佛觉得，而且痴情希望，他能看到。四十年音问未通，这是仅有的一次也是最后一次通音问了。悲夫！

1988 年 3 月 26 日

悼念沈从文先生

去年有一天，老友肖离打电话告诉我，从文先生病危，已经准备好了后事。我听了大吃一惊，悲从中来。一时心血来潮，提笔写了一篇悼念文章，自诧为倚马可待，情文并茂。然而，过了几天，肖离又告诉我说，从文先生已经脱险回家。我心里一块石头落了地，又窃笑自己太性急，人还没去，就写悼文，实在非常可笑。我把那一篇“杰作”往旁边一丢，从心头抹去了那一件事，稿子也沉入书山稿海之中，从此“云深不知处”了。

到了今年，从文先生真正去世了。我本应该写点什么的。可是，由于有了上述一段公案，懒于再动笔，一直拖到今天。同时我注意到，像沈先生这样一个人，悼念文章竟如此之少，有点儿不太正常，我也有点儿不平，考虑再三，还是自己披挂上马吧。

我认识沈先生已经五十多年了，当我还是一个大学生的时候，我就喜欢读他的作品。我觉得，在所有并世的作家中，文章有独立风格的人并不多见。除了鲁迅先生之外，就是从文先生。他的作品，只要读上几行，立刻就能辨认出来，绝不含糊。他出身于湘西的一个破落小官僚家庭，年轻时当过兵，没有受过多少正规的教育。他完全是自学成家。湘西那一片有点神秘的土地，其怪异的风土人情，通过沈先生的笔而大白于天下。湘西如果没有像沈先生这样的大作家和像黄永玉先生这样的大画家，恐怕一直到今天还是一片充满了神秘的 terra incognita（没有人了解的土地）。

我同沈先生打交道，是通过一件不大不小的事情。丁玲的《母亲》出版以后，我读了觉得有一些意见要说，于是写了一篇书评，刊登在郑振铎、靳以主编的《文学季刊》创刊号上。刊出以后，我听说，沈先生有一些意见。我于是立即写了一封信给他，同时请求郑先生在《文学季刊》创刊号再版时，把我那一篇书评抽掉。也许是由于这一个不能算是太愉快的因缘，我们就认识了。我当时是一个穷学生，沈先生是著名的作家。社会地位，虽不能说如云泥之隔，毕竟差一大截子。可是他一点名作家的架子也不摆，这使我非常感动。他同张兆和女士结婚，在北京前门外大栅栏撷英番菜馆设盛大宴席，我居然也被邀请。当时出席的名流如云。证婚人好像是胡适之先生。

从那以后，有很长的时间，我们并没有多少接触。我到欧洲去住了将近十一年。他在抗日烽火中的昆明住了很久，在西南联大任国文系教授。彼此音问断绝，他的作品我也读不到了。但是有时候，不知是出于什么原因，我在饥肠辘辘、机声嗡嗡中，竟会想到他。我还是非常怀念这一位可爱、可敬、淳朴、奇特的作家的。

一直到 1946 年夏天，我回到祖国。这一年的深秋，我终于又回到了别离了十几年的北平。从文先生也于此时从云南复员来到北大，我们同在一个学校任职。当时我住在翠花胡同，他住在中老胡同，都离学校不远，因此我们也相距很近，见面的次数就多了起来。他曾请我吃过一顿相当别致、毕生难忘的饭——云南有名的汽锅鸡。锅是他从昆明带回来的，外表看上去像宜兴的紫砂，上面雕刻着花卉书法，古色古香，虽系厨房用品，然却古朴高雅，简直可以成为案头清供，与商鼎周彝斗艳争辉。

就在这一次吃饭时，有一件小事给我留下了深刻的印象。当时要解开一个用麻绳捆得紧紧的什么东西。只需用剪子或小刀轻轻地一剪一割，就能弄开。然而从文先生却抢了过去，硬是用牙把麻绳咬断了。这一个小小的举动，有点儿粗劲，有点儿蛮劲，有点儿野劲，有点儿土劲，并不高雅，并不优美。然而，它却完全透露了沈先生的个性。在达官贵人、高等华人眼中，这简直非常可笑，非常可鄙。可是，我欣赏的却正是这样一种劲头。我自己也许就是这样一个“土包子”，虽然同那一些只会吃西餐、穿西装、半句洋话也不会讲，偏又自认为是“洋包子”的人比起来，我并不觉得低他们一等。不是有一些人也认为沈先生是“土包子”吗？

还有一件小事，也使我忆念难忘。有一次我们到什么地方去游逛，可能是中山公园之类。我们要了一壶茶。我正要拿起壶来倒茶，沈先生连忙抢了过去，先斟出了一杯，又倒入壶中，说只有这样才能把茶味调得均匀。这当然是一件微不足道的小事，然而在琐细中不是更能看到沈先生的精神吗？

小事过后，来了一件大事：我们共同经历了北平的解放。在这个关键时刻，我并没有听说从文先生有逃跑的打算。他的心情也是激动的，虽然他并不故作革命状，以达到某种目的，他仍然是朴素如常。可是厄运还是降临到他头上来。一个著名的马列主义文艺理论家，在香港出版的一个进步的文艺刊物上，发表了一篇长文，题目大概是什么《文坛一瞥》之类，前面有一段相当长的修饰语。这一位理论家视觉似乎特别发达，他在文坛上看出了许多颜色。他“一瞥”之下，就把沈先生“瞥”成了粉红色的小生。我没有资格对这一篇文章发表意见。但是，沈先生好像是当头挨了一棒，从此被“瞥”下了文坛，销声匿迹，再也不写小说了。

一个惯于舞笔弄墨的人，一旦被剥夺了写作的权利，他心里是什么滋味，我说不清；他有什么苦恼，我也说不清。然而，沈先生并没有因此而消沉下去。文学作品不能写，还可以干别的事嘛。他是一个精力旺盛的人，他是一个闲不住的人，他转而研究起中国古代的文物来，什么古纸、古代刺绣、古代衣饰等等，他都研究。凭着他那一股惊人的钻研能力，过了没有多久，他就在新开发的领域内取得了可喜的成绩。他那一本讲中国服饰史的书，出版以后，洛阳纸贵，受到国内外一致的高度赞扬。他成了这方面权威。他自己也写章草，又成了一个书法家。

有点讽刺意味的是，正当他手中写小说的笔被“瞥”掉的时候，从国外沸沸扬扬传来了消息，说国外一些人士想推选他做诺贝尔文学奖的候选人。我在这里着重声明一句，我们国内有一些人特别迷信诺贝尔奖，迷信的劲头，非常可笑。试拿我们中国没有得奖的那几位文学巨匠，同已经得奖的欧美一些作家来比一比，其差距简直有如高山与小丘。同此辈争一日之长，有这个必要吗？推选沈先生当候选人的事是否进行过，我不得而知。沈先生怎样想，我也不得而知。我在这里提起这一件事，只不过把它当作沈先生一生中一个小小的插曲而已。

我曾在几篇文章中都讲到，我有一个很大的缺点（优点？），我不喜欢拜访人。有很多可尊敬的师友，比如我的老师朱光潜先生、董秋芳先生等等，我对他们非常敬佩，但在他们健在时，我很少去拜访。对沈先生也一样。偶尔在什么会上，甚至在公共汽车上相遇，我感到非常亲切，他好像也有同样的感情。他依然是那样温良、淳朴，时代的风风雨雨在他身上似乎没有留下什么痕迹，说白了就是没有留下伤痕。一谈到中国古代科技、艺术等等，他就喜形于色，眉飞色舞，娓娓而谈，如数家珍，天真得像一个大孩子。这更增加了我对他的敬意。我心里曾几次动过念头：去看一看这一位可爱的老人吧！然而，我始终没有行动。现在人天隔绝，想见面再也不可能了。

有生必有死，是大自然的规律。我知道，这个规律是违抗不得的，我也从来没有想去违抗。古代许多圣君贤相，聪明一世，糊涂一时，想方设法，去与这个规律对抗，妄想什么长生不老，结果却事与愿违，空留了一场笑话。这一点我很清楚。但是，生离死别，我又不能无动于衷。古人云："太上忘情。"我是一个微不足道的凡人，无论如何也做不到忘情的地步，只有把自己钉在感情的十字架上了。我自谓身体尚颇硬朗，并不服老。然而，曾几何时，宛如黄粱一梦，自己已接近耄耋之年。许多可敬可爱的师友相继离我而去。此情此景，焉能忘情？现在从文先生也加入了去者的行列。他一生安贫乐道，淡泊宁静，死而无憾矣。对我来说，忧思却着实难以排遣。像他这样一个有特殊风格的人，现在很难找到了。我只觉得大地茫茫，顿生凄凉之感。我没有别的本领，只能把自己的忧思从心头移到纸上，如此而已。

1988年11月2日写于香港中文大学会友楼

记张岱年先生

我认识张岱年先生，已有将近七十年的历史了。30年代初，我在清华念书，他在那里教书。但是，由于行当不同，因而没有相识的机会。只是不时读到他用“张季同”这个名字发表的文章，在我脑海留下了一个青年有为的学者的印象，一留就是二十年。

时移世变，沧海桑田，再见面时已是1952年院系调整以后了。当时全国大学的哲学系都合并到北大来，张先生也因而来到了北大。我们当年是清华校友，而今又是北大同事了。仍然由于行当不同，平常没有多少来往。

张先生是哲学家，对于中国哲学史的研究有湛深的造诣，这是学术界的公论。愧我禀性愚鲁，不善于作邃密深奥的哲学思维。因此对先生的学术成就不敢赞一词。独对于先生的为人，则心仪已久。他奖掖后学，爱护学生，极有正义感，对任何人都不阿谀奉承，凛然一身正气，又决不装腔作势，总是平等对人。这样多的优秀品质集中到一个人的身上，再加上真正淡泊名利，唯学是务，在当今士林中，真堪为楷模了。

《论语》中说："仁者寿。"岱年先生是仁者，也是寿者。我读书有一个习惯：不管是读学术史，还是读文学史，我首先注意的是中外学者和文学家的生年卒月。我吃惊地发现，古代中外著名学者或文学家中，寿登耄耋者极为稀少。像泰戈尔的八十，歌德的八十三，托尔斯泰的八十二，直如凤毛麟角。许多名震古今的大学问家和大文学家，多半是活到五六十岁。现在，我们已经"换了人间"，许多学者活得年龄都很大，像冯友兰先生、梁漱溟先生等等都活过了九十。冯先生有句话："岂止于米，相期以茶。""米"是八十八岁，"茶"是一百零八岁。现在张先生已经过米寿两年，距茶寿十八年。从他眼前的健康情况来看，冯先生没有完成的遗愿，张先生一定能完成的。张先生如果能达到茶寿，是我们大家的幸福。"碧章夜奏通明殿，乞赐张老十八春。"

1999年1月10日

诗人兼学者的冯至（君培）先生

君培先生一向只承认自己是诗人，不是学者。但是众多的师友和学生，也包括我在内，却认为他既是诗人，也是学者。他把这两种多少有点矛盾的行当融会于一身，而且达到了高度统一与和谐的境界。

他的抒情诗曾受到鲁迅先生的赞扬。可惜我对于新诗，虽然已经读了六十多年，却自愧缺少这方面的细胞，至今仍然处在幼儿园阶段，更谈不到登堂入室。因此，对冯先生的新诗，我不敢赞一词。

可是为什么我也认为他是诗人呢？我根据的是他的抒情散文。散文，过去也一度被称作小品文，英国的所谓familiar essay，就是这种东西。这个文学品种，同诗歌、小说、戏剧一样，也是国际性的。但又与后三者不完全相同：并不是每一个文学大国散文都很发达。过去，一讲到散文，首先讲英国，其次算是法国。这个说法基本上是正确的。英国确实出了不少的散文大家，比如兰姆（C. Lamb）、G. 吉辛（G. Gissing）、鸦片烟鬼德·昆西（De Quincey）等等，近代还出了像切斯特顿（Chesterton）等这样的散文作家，灿如列星，辉耀文坛。在法国，蒙田是大家都熟悉的散文大家。至于德国、俄国等文学大国，散文作家则非常稀见。我个人认为，这恐怕与民族气质和思维方式有关。兹事体大，这里不详细讨论了。

我只想指出一点，过去一讲到散文，开口必言英国的中外学者们，忘记了一个事实：中国实际上是世界上最大的散文大国。他们五体投地、诚惶诚恐地匍匐在英国散文脚下，望穿秋水，把目光转向英国，却忘记了，远在天边，近在眼前，居散文魁首地位者非中国莫属。

中国旧日把一切典籍分为四类：经、史、子、集。经里面散文比较少见；史里面则大量存在，司马迁是最著名的例子；子几乎全属于散文范畴；集比起子来更有过之。我们平常所说的“唐宋八大家”，明朝末年的公安派和竟陵派，清朝的桐城派，等等，都是地地道道的散文。我们读过的《古文辞类纂》《古文观止》等等，不都是散文吗？不但抒情和写景的文章属于散文，连一些议论文，比如韩愈的《论佛骨表》、苏轼的《范增论》《留侯论》以及苏洵的《辨奸论》等等，都必须归入散文范畴，里面弥漫着相当浓厚的抒情气息。我们童而习之，至今尚能成诵。可是，对我来说，一直到了接近耄耋之年，才仿佛受到“天启”，豁然开朗：这不是散文又是什么呢？古诗说：“踏破铁鞋无觅处，得来全不费工夫。”岂是之谓欤？

因此，我说：中国是世界的散文大国。

而冯至先生的散文，同中国近代许多优秀的散文大家的作品一样——诸如鲁迅、郁达夫、冰心、朱自清、茅盾、叶圣陶、杨朔、巴金等的散文，是继承了中国优秀散文传统的。里面当然也有西方散文的影响，在欧风美雨剧烈的震动下，不这样也是不可能的。但其基调以及神情韵味等，则是中国的。恐怕没有人能够完全否认这一点。在这一点上，中国近代的散文，同诗歌、小说、戏剧完全不一样，其中国味是颇为浓烈的。后三者受西方影响十分显著。试以茅盾、巴金等的长篇而论，它们从形式上来看，是同《红楼梦》接近呢，还是类似《战争与和平》？明眼人一望便知，几乎没有争辩的余地。至于曹禺的戏剧，更是形式上与易卜生毫无二致，这也是一个无可争辩的事实。我这一番话丝毫没有价值衡量的意味，我并不想说孰是孰非，孰高孰低，我只不过指出一个事实而已。但是，散文却与此迥乎不同。读了英国散文家的作品，再读上面谈到的那几位中国散文家的作品，立刻就会感到韵味不同。在外国，只有日本的散文颇有中国韵味。这大概同日本接受中国文学的影响，特别是中国禅宗哲学的影响是分不开的。

中国散文已经有了几千年的历史传统，各种不同的风格，各种不同的流派，纷然杂陈。中国历代的散文文苑，花团锦簇，姹紫嫣红，赛过三春的锦绣花园。但是，不管风格多么不同，却有一点是共同的：所有散文家都不是率尔而作，他们写作都是异常认真的，简练揣摩，惨淡经营，遣词造句，谋篇布局，起头结尾，中间段落，无不精心推敲，慎重下笔。这情景在中国旧笔记里有不少的记载。宋朝欧阳修写《昼锦堂记》，对于开头几句，再三斟酌，写完后派人送走，忽觉不妥，又派人快马加鞭，追了回来，重新改写，是有名的例子。

我个人常常琢磨这个问题。我觉得，中国散文最突出的特点是同优秀的抒情诗一样，讲究含蓄，讲究蕴藉，讲究意境，讲究神韵，言有尽而意无穷，也可以用羚羊挂角来做比喻。借用印度古代文艺理论家的话来说就是，没有说出来的比已经说出来的更为重要，更耐人寻味。倘若仔细分析一下近代中国散文家的优秀作品，这些特点都是有的，无一不能与我的想法相印证。这些都是来自中国传统，这一点是不容置疑的。可惜，我还没有看到过这样分析中国散文的文章。有人侈谈，散文的核心精神就在一个“散”字上，换句话说就是，愿意怎样写就怎样写，不愿意写下去了，就立刻打住。这如果不是英雄欺人，也是隔靴搔痒，没搔到痒处。在我们散文坛上，确有这样的文章。恕我老朽愚钝，我期期以为不可。古人确实有一些读之如行云流水的文章，但那绝非轻率从事，而是长期锻炼臻入化境的结果。我不懂文章三昧，只不过如此感觉；但是，我相信，我的感觉是靠得住的。

冯至先生的散文，我觉得就是继承了中国优秀传统的。不能说其中没有一点西方的影响，但是根底却是中国传统。我每读他的散文，上面说的那些特点都能感觉到，含蓄、飘逸、简明、生动，而且诗意盎然，读之如食橄榄，余味无穷，三日口香。有一次，我同君培先生谈到《儒林外史》，他赞不绝口，同我的看法完全一样。《儒林外史》完全用白描的手法，语言简洁鲜明，讽刺不露声色，惜墨如金，而描绘入木三分，实为中国散文（就体裁来说，它是小说；就个别片段来说，它又是散文）之上品。以冯先生这样一个作家而喜爱《儒林外史》完全是顺理成章的。

总之，我认为冯先生的散文实际上就是抒情诗，是同他的抒情诗一脉相通的。中国诗坛的情况，我不清楚；从下面向上瞥了一眼，不甚了了。散文坛上的情况，多少知道一点。在这座坛上，冯先生卓然成家，同他比肩的散文作家没有几个，他也是我最喜欢的近代散文作家之一。可惜的是，像我现在这样来衡量他的散文的文章，还没有读到过，不能不说是一件憾事了。

对作为学者的君培先生，我也有我个人的看法。我认为，在他身上，作为学者和作为诗人是密不可分的。过去和现在都有专门的诗人和专门的学者，身兼二者又达到相当高的水平的人，却并不多见。冯先生就是这样一个人。作为学者，他仍然饱含诗人气质。这一点在他的研究选题上就充分显露出来。他研究中西两方面的文学，研究对象都是诗人：在中国是唐代大诗人杜甫，在欧洲是德国大诗人歌德，旁及近代优秀抒情诗人里尔克（Rilke）。诗人之外，除了偶尔涉及文艺理论外，很少写其他方面的文章。这一个非常简单明了的事实，非常值得人们去参悟。研究中外诗人当然免不了要分析时代背景，分析思想内容，这样的工作难免沾染点学究气。这些工作都诉诸人们的理智，而非人们的感情，摆脱学究气并不容易。可是冯先生却能做到这一点。他以诗人研究诗人，研究仿佛就成了创作，他深入研究对象的灵魂，他能看到或本能地领悟到其他学者们看不到更领悟不到的东西，而又能以生花妙笔著成文章，同那些枯涩僵硬的高头讲章迥异其趣，学术论著本身就仿佛成了文学创作，诗意弥漫，笔端常带感情。读这样的学术论著，同读文学作品一样，简直是一种美的享受。

因此，我说，冯至先生是诗人又兼学者，或学者又兼诗人，他把这二者融于一体。

至于冯先生的为人，我又想说：诗人、学者、为人三位一体。中国人常说："文如其人"，或者"人如其文"。这两句话应用到君培先生身上，都是恰如其分的。我确实认为，冯先生是人文难分。他为人一向淳朴、正直、坦荡、忠实，待人以诚，心口如一。我简直无法想象会有谎言从他嘴里流出来。他说话从不夸大，也不花哨；即之也温，总给人以实事求是的印象，而且几十年如一日，真可谓始终如一了。

君培先生长我六岁。我们都是搞德文起家，后来我转了向，他却一直坚持不懈。在国内，我们虽然不是一个大学，但是我们的启蒙老师却是一个人。他就是二三十年代北大德文系主任，同时又兼任清华的德文教授。因此，我们可以说是有同门之谊，我们是朋友。但是，我一向钦佩君培先生的学识，更仰慕其为人，我总把他当老师看待；因此，也可以说是师生。我在这里想借用陈寅恪师的一句诗："风义生平师友间。"我们相交将近五十年了。新中国成立后，在一起开过无数次的会，在各种五花八门的场合下，我们聚首畅谈，我们应该说是彼此互相了解的。给我印象最深的是他套用李后主的词口吟的两句词：“春花秋月何时了，开会知多少？”我听了以后捧腹大笑，我的第一个想法就是：实获我心！有不少次开会，我们同住一个房间，上天下地，无所不谈。这更增强了我们彼此的了解。总之，一句话：在将近半个世纪内，我们相处得极为融洽。

君培先生八十五岁了。在过去，这已经是了不起的高寿，古人不是说“人生七十古来稀”吗？但是，到了今天，时移世转，应该改一个提法：“人生九十今不稀。”这样才符合实际情况。我们现在祝人高寿，常说：“长命百岁！”我想，这个说法不恰当。从前说“长命百岁”，是表示期望。今天再说，就成了限制。人们为什么不能活过百岁呢？只说百岁，不是限制又是什么呢？因此，我现在祝君培先生高寿，不再说什么“长命百岁”，意思就是对他的寿限不加限制。我相信，他还能写出一些优秀的文章来的。我也相信而且期望他能活过这个限制期限。

1990年10月20日写完

纪念一位德国学者西克灵教授

昨天晚上接到我的老师西克先生(Prof. Dr. Emil Sieg)从德国来的信，说西克灵教授(W. Siegling)已经于去年春天死去，看了我心里非常难过。生死本来是一种自然现象，值不得大惊小怪。但死也并不是没有差别。有的人死去了，对国家，对世界一点影响都没有。他们只是在他们亲族的回忆里还生存一个时期，终于也就渐渐被遗忘了。有的人的死却是对国家，对世界都是一个损失，连不认识他们的人都会觉得悲哀，何况认识他们的朋友们呢?

西克灵这名字，对许多中国读者大概还不太生疏，虽然他一生所从事研究的学科可以说是很偏僻的。他是西克先生的学生。同他老师一样，他也是先研究梵文，然后才转到吐火罗语去的。转变点就正在四十年前。当时德国的探险队在Grünwedel和Von Le Coq领导之下从中国的新疆发掘出来了无量珍贵的用各种文字写的残卷运到柏林去。德国学者虽然还不能读通这些文字，但他们却意识到这些残卷的重要。当时柏林大学的梵文正教授Pischel就召集了许多年轻的语言学者，尤其是梵文学者，来从事研究。西克和西克灵决心合作研究的就是后来定名为吐火罗语的一种语言。当时他们有的是幻想和精力，这种稍稍带有点冒险意味，有的时候简直近于猜谜式的研究工作，更提高了他们的兴趣。他们日夜地工作，前途充满了光明。在三十多年以后，西克先生每次谈起来还不禁眉飞色舞，仿佛他自己又走回青春里去，当时热烈的情景就可以想见了。

他们这合作一直继续了几十年。他们终于把吐火罗语读通。在这期间，他们发表的震惊学术界的许多文章和书，除了在第一次世界大战西克灵被征从军的一个期间外，都是用两个人的名字。西克灵小心谨慎，但没有什么创造的能力，同时又因为住在柏林，在普鲁士学士院（Preussische Akademie der Wissenschaften）里做事情，所以他的工作就偏重在只是研究抄写 Brāhmi 字母。他把这些原来是用 Brāhmi 字母写成的残卷用拉丁字母写出来寄给西克，西克就根据这些拉丁字母写成的稿子来研究文法，确定字义。但我并不是说西克灵只懂字母而西克只懂文法。他们两方面都懂的，不过西克灵偏重字母而西克偏重文法而已。

两个人的个性也非常不一样。我已经说到西克灵小心谨慎，其实这两个形容词是不够的。他有时候小心到我们不能想象的地步。根据许多别的文字，一个吐火罗字的字义明明是毫无疑问地可以确定了，但他偏怀疑，偏反对，无论如何也不承认。在这种情形下，西克先生看到写信已经没有效用，便只好自己坐上火车到柏林用三寸不烂之舌来说服他了。我常说，西克先生就像是火车头的蒸汽机，没有它火车当然不能走。但有时候走得太猛太快也会出毛病，这就用得着一个停车的闸。西克灵就是这样的一个让车停的闸。

他们俩合作第一次出版的大著是 *Tocharische Sprachreste*（1921）。两本大书充分表现了这合作的成绩。在这书里他们还很少谈到文法，只不过把原来的 Brāhmi 字母改成拉丁字母，把每个应该分开来的字都分了而已。在1931年出版的*Tocharische Grammatik*里面他们才把吐火罗语的文法系统地整理出来。这里除了他们两个人以外，他们还约上了大比较语言学家柏林大学教授舒尔慈（Wilhelm Schulz）来合作。结果这一本五百多页的大著就成了欧洲学术界划时代的著作。一直到现在研究中亚古代语言和比较语言的学者还不能离开它。

写到这里，读者或者以为西克灵在这些工作上都没有什么不得了的贡献，因为我上面曾说到他的工作主要是在研究抄写Brāhmi字母。这种想法是错的。Brāhmi字母并不像我们知道的这些字母一样。它是非常复杂的。有时候两个字母的区别非常细微，譬如说t同n，稍一不小心，立刻就发生错误。法国的梵文学家莱维（Sylvain Lévi）在别的方面的成绩不能不算大，但看他出版的吐火罗语B（龟兹语）的残卷里有多少读错的地方，就可以知道只是读这字母也并不容易了。在这方面西克灵的造诣是非常惊人的，可以说是并世无二。

也是为了读Brāhmi字母的问题，我在1942年的春天到柏林去看西克灵。我在普鲁士学士院他的研究室里找到他。他正在那里埋首工作，桌子上摆的墙上挂的全是些Brāhmi字母的残卷，他就用他特有的蝇头般的小字一行一行地抄下来。在那以前，我就听说，只要有三个学生以上，他就一句话也说不出来了。所以他一生就只在学士院里工作，只有很短的一个时间在柏林大学里教过吐火罗语，终于还是辞了职。见了面他给我的印象同传闻的一样，人很沉静，不大说话。问他问题，他却解释无遗。我从他那里学到了不少读Brāhmi字母的秘诀。我发现他外表虽冷静，但骨子里他却是个很热情的人，正像一切良好的德国人一样。

以后，我离开柏林，回到哥廷根，战争愈来愈激烈，我也就再也没能到柏林去看他。战争结束后，自己居然还活着，听说他也没被炸死，心里觉得非常高兴。我也就带了这高兴在去年夏天里回了国来。一转眼就过了半年。在这期间，因为又接触了一个新环境，终天糊里糊涂的，连回忆的余裕都没有了。最近，心情方面渐渐安静下来，于是又回忆到以前的许多事情，在德国遇到的这许多师友的面影又不时在眼前晃动，想到以前过的那个幸福的时期，恨不能立刻再回到德国去。然而正在这时候，我接到西克先生的信，说西克灵已经去世了。即便我能立刻回到德国，师友里面已经少了一个了。对学术界，尤其是对我自己，这个损失是再也不能弥补的了。

我现在唯一的安慰就是在西克先生身上了。他今年已经八十多岁，但他的信上说，他的身体还很好。德国目前是既没有吃的穿的，也没有烧的。六七个人挤在一个小屋里，又以他这样的高龄，但他居然还照常工作。他四十年来一个合作者西克灵，比他小二十多岁的一个朋友，既然先他而死了，我只希望上苍还加佑他，让他再壮壮实实多活几年，把他们未完成的大作完成了，为学术，为他死去的朋友，我替他祝福。

1947 年 1 月 29 日于北平

图书在版编目（CIP）数据

季羡林 : 人生告白 / 季羡林著. -- 北京 : 中国致公出版社, 2023
ISBN 978-7-5145-1971-6

Ⅰ. ①季… Ⅱ. ①季… Ⅲ. ①散文集－中国－当代 Ⅳ. ①I267

中国版本图书馆CIP数据核字(2022)第072620号

季羡林：人生告白/季羡林 著
JI XIANLIN:RENSHENG GAOBAI

出　　版	中国致公出版社 （北京市朝阳区八里庄西里100号住邦2000大厦1号楼西区21层）
出　　品	湖北知音动漫有限公司 （武汉市东湖路179号）
发　　行	中国致公出版社（010-66121708）
作品企划	知音动漫图书·文艺坊
策划编辑	方　莹
责任编辑	方　莹　李　舟
选 编 者	康舒悦
责任校对	魏志军
装帧设计	李艺菲
责任印制	程　磊
印　　刷	武汉精一佳印刷有限公司
版　　次	2023年9月第1版
印　　次	2023年9月第1次印刷
开　　本	960 mm × 640 mm　1/16
印　　张	15
字　　数	186千字
书　　号	ISBN 978-7-5145-1971-6
定　　价	45.00元